악사의 처방전

악사의 처방전

Prescription

from the musician

정태호 | 음악에 묻고
술에게 배운다

쏠앤스토리

약사의 처방전

1쇄 발행 2025년 2월 17일

지은이 : 정태호
펴낸이 : 김영경
펴낸 곳 : 쑬딴스북
표지 디자인 : 오지영
출판등록 : 제2021-000088호(2021년 6월 22일)
주소 : 경기도 파주시 탄현면 헤이리마을길 82-91 B동 202호
이메일 : fuha22@naver.com
ISBN : 979-11-94047-06-3 03810

INTRO

첫 잔을 들며

K(영화감독) · J(작가): 위하여!

K: 출간을 축하드립니다. 작가로서는 첫 작품인데, 기분이 어떠세요?

J: 감사합니다. 일 년 전에 막연히 글쓰기를 시작했는데, 이렇게 책까지 나온 게 꿈이 아닌가 생각이 듭니다. 첫 음반 나왔을 때보다 더 기쁘네요.

K: 책을 읽는 내내 술 한잔 생각났어요. 그래서 오늘은 이렇게 작가님과 한잔하면서 인터뷰하고 싶었고요. 술에 대한 애정을 가득 담은 글을 쓰셨는데, 술은 언제부터 그렇게 좋아하셨어요?

J: 글쎄요. 언제부터인지는 모르겠지만, 프랑스의 시인 보들레르의 〈취하라〉라는 시를 읽고 가슴이 벅차올랐던 날이 기억납니다. 그 후로 시의 내용을 마음에 새기고 실천하는 삶을 살고 있습니다.

K: 예전부터 문학적 감수성이 뛰어나셨군요.

J: 술 마실 핑계입니다, 사실은. 〈어린왕자〉에 나오는 주정뱅이처럼요. 어른들은 참 이상하니까요.

K: 근사한 핑계네요. 책 제목이 특이합니다. '악사' 라는 표현을 쓰셨는데, 요즘에는 잘 쓰지 않는 단어잖아요. 특별한 이유가 있나요?

J: 어렸을 때 선배 뮤지션들이 많이 쓰던 말인데, 확실히 요즘 MZ세대들은 악사라는 단어를 잘 모르더라고요. 보험 이름 아니냐고도 하고요. 하하. 그런데 전 어려서부터 악사라는 말이 좋았어요. 고풍스러운 느낌도 있고, 제 운명 같기도 하고.

K: 악사. 잘 어울리십니다.

J: 사회적 존경을 받는 판사, 검사, 변호사, 의사 같은 소위 사자 돌림 직업이 있잖아요. 저도 대학 전공대로 살았으면 회계사가 되지 않았을까. 그럼 효도 좀 하고 살았을 텐데 그

러질 못해서. 그래서 나도 사자 돌림이다. 판검사 하나도 부럽지 않은, 나는 자랑스러운 악사다. 이런 자조적인 의미로 악사라는 단어를 쓰게 되었습니다.

K: 왠지 짠하네요.

J: 불효자는 웁니다.

K: '악사의 처방전'이란 말도 특이해요.

J: 우리가 아플 때는 의사나 약사의 처방전을 받잖아요. 치료를 받고 약을 먹으면 아픈 곳이 낫고요. 그런데 간혹 그것들과 비교할 수 없이 더 큰 치유를 경험할 때가 있어요. 아름다운 음악으로, 한 편의 영화로, 눈부신 풍경으로, 정성이 담긴 음식으로, 그리고 따뜻한 마음으로요. 그런 순간들을 나누고 싶었습니다. '악사의 처방전'이라는 이름으로요. 의사의 처방도 약사의 처방도 아닌 악사의 처방으로요. 독자분들이 함께 참여하는 책이 되었으면 합니다.

K: 저도 글의 말미에 첨부되는 처방전을 보고 따라서 해보고 싶은 것이 많이 있었어요. 궁금한 것도 많았고요. 그런데 모든 것의 중심에는 항상 술이 있습니다. 술이 가장 중요한 처방일까요?

J: 술에 관해 이야기하고 싶었습니다. 내가 사랑했던 술, 나

와 함께했던 술, 그리고 술을 통해 만난 소중한 인연과 아름다운 것들. 술은 우리를 행복하게 해줍니다. 술은 우리를 위로해주기도 합니다. 하지만 술은 한 나라 전체를 큰 위기에 빠뜨릴 만큼 위험한 것이기도 합니다. 안타깝습니다. 그래서 이 책에는 성숙한 음주 문화를 통해 우리 사회가 한 단계 발전하길 바라는 제 마음도 함께 담았습니다.

K: 잘 알겠습니다. 그런데 술을 너무 많이 드시는 거 아닌가요?

J: 그건 항상 반성하고 있습니다만, 참 어려운 일입니다. 부끄럽습니다.

K: 약사로 살면서 겪은 에피소드를 많이 쓰셨는데요. 여러 가지 악기를 연주하십니다. 평소에 본인을 어떻게 소개하시나요? 멀티 플레이어라고 하면 될까요?

J: 저는 멀티 플레이어라는 말을 아주 싫어하는데요, 제가 많이 부끄러워하는 말입니다. 한 악기의 마스터가 된다는 건 평생을 헌신하고 노력해야만 이룰 수 있는 어렵고도 숭고한 일입니다. 그건 제가 알지 못하는 길이고 제가 갈 수도 없는 길입니다.

K: 그럼 그렇게 여러 악기를 연주하신 이유가 있나요?

J 돌이켜보면 인생의 중요했던 시기마다 저에게 찾아온 감정을 표현하고 싶었고 그 감정을 표현할 수 있는 악기를 찾게 된 것 같습니다. 그것들이 쌓여 여러 악기의 연주자로 활동하고 있지만 그저 제 음악을 연주할 수 있는 정도일 뿐, 각 악기의 연주자로 불리는 게 매번 어색하고 부끄럽습니다.

K: 덕분에 저는 다양한 이야기를 재미있게 읽었네요. 한잔 하시죠.

J: 네. 원 샷 할까요?

K: 잠시만요. 그런데 이게 무슨 소리죠? 굉음이 나는데요.

J: 그러네요. 사고라도 난 걸까요? 소리가 점점 가까워지는데요.

K: 세상에. 여러분 지금 스튜디오로 엄청난 양의 물이 쏟아져 들어오고 있습니다. 모두 빨리 대피하십시오!

J: 순식간에 잠기겠어요. 어서 나갑시다. 넘어지면 안 돼요. 침착하게 차례대로 나갑시다!

K: 아, 수압으로 문이 열리지 않아요. 창문을 부숴야겠어요. 그런데 이게 무슨 냄새죠? 알코올 냄새가 나는데요. 연료 탱크가 터진 건가요?

J: 이런, 몸을 가누기가 힘들어요. 연료는 아니에요. 과일향

이 나요. 많이 맡아본 향인데, 이게 뭐지? 오 이럴 수가. 이건 술이에요. 이강주가 확실합니다. 맛을 보니 알겠어요.

K: 도대체 이게 무슨 일이야. 위층에 증류소가 있었나? 모두 이쪽으로 오세요! 창문이 깨졌어요. 한 명씩 창문으로 나갑시다. 작가님도 어서 이쪽으로 오세요!

J: 아니오. 저는 이 술을 마셔 없애고 있을 테니 그동안 모두 저쪽으로 빠져나가세요. 시간이 있습니다. 어서요!

K: 작가님, 안 돼요. 좀 있으면 다 잠겨요! 얼른 이리 오세요. 제발!

J: 감독님, 제 걱정은 마시고 안전하게 대피시켜주세요. 저는 여기 남아 취생몽사(醉生夢死)의 인생철학을 실현하겠습니다. 가세요!

K: 작가님, 안 돼요. 아아…….

2025년 2월의 어느 날. 술에 취해 잠들어 꾼 한바탕 꿈으로 이 책의 인트로를 대신한다.

 〈Apres Un Reve〉 Fauré

CONTENTS

INTRO

1장 | 내 서늘한 가슴에 있네

안개 속으로 가버린 사랑 : 017
부에나 비스타 코리안 클럽 : 026
시간을 견뎌온 자리 : 037
음주인을 위한 10가지 주계명 : 051
라벨의 볼레로와 끝없이 이어지는 술잔 : 066

2장 | 그렇게 우리는 익어간다

Viva, Cuba Libre : 083
현해탄 달빛 아래 술잔은 흔들리고 : 096
헛헛함 뒤에 남은 것 : 108
막걸리 블루스 : 121
나와 타이스의 명상곡 : 135
우리 술이 너무 슬퍼서였습니다 : 145
그녀와 그녀의 미더덕찜 : 153

3장 | 그리움에 취하고

비 오는 날 오후 3시엔 라가불린을 마신다 : 163
보리수염주, 나의 때늦은 성장통 : 171
나의 애정하고 애증하는 : 181
모두의 와이키키를 위하여 : 192
기억의 숲 어디쯤 : 200
도라지 위스키는 곁에 없지만 : 211
대숲에 실어 보낼 이야기 : 226

OUTRO

내 서늘한 가슴에 있네

안개 속으로 가버린 사랑

바다가 있는 곳
개항장이 있는 곳
그리고 짜장면이 있는 곳

나는 인천에 연고가 없다. 어린 시절 내가 타던 수원행 국철과 번갈아 오던 인천행 열차. 그 안에는 항상 사람들이 가득했고, 종점인 인천역까지는 수없이 많은 역이 있어 어린 나에게 인천은 머나먼 미지의 세계였다.

대학 시절 월미도 가던 길에 내린 인천역 광장에는 차이나타운을 알리는 커다란 패문과 길바닥에 늘어선 생선 좌판들이 보였고, 그 낯선 풍경과 비릿한 향이 내가 기억하는 인천의 전부였다. 이후로도 나는 인천에 거주한 적이 없고 지금도 그렇다. 그러나 지금 나는 인천 출신 뮤지션들의 밴드, 인천 재즈 올스타의 드러머다.

인천의 많은 드러머를 놔두고 왜 하필 내가 선택되었을까?

인천 토박이인 음악 선배는 공연 중 관객들에게 나를 이렇게 소개했다.

"정태호 씨는 인천 출신 혹은 인천 시민은 아니지만, 인천 지역에서 다년간 수많은 음주 활동을 통해 지역 경제에 크게 이바지한 점이 인정되어 인천 재즈 올스타로 선발하게 되었습니다."

그렇다. 나는 인천 곳곳에서 술을 마셨다. 인천에 가면 언제나 술을 마신다. 인천에 가면 술이 당긴다. 아니, 경인고속도로에서부터 술 냄새가 난다. 그렇다. 나는 인천을 사랑하게 되었다. 그리고 그 사랑 속에는 수많은 기억이 있다.

그 오래된 시작은 이렇다.

나의 오랜 음악 선배인 피아니스트 S는 인천 토박이다. 인천에서 나고 자라 미국 유학 후에도 인천에 산다.

선배와 함께 인천의 오래된 마을인 신포동 길을 걸으면 동네 대폿집 주인부터 LP바 사장까지, 가끔은 덩치가 산만 한 건달들까지 반갑게 인사를 한다.

선배는 어려서부터 인천의 화류계, 흔히 말하는 야간 업소에서 연주 생활을 했다. 유학 후 재즈를 한 선배와 함께 밴드를 하며 나도 인천의 여러 클럽과 공연장에서 연주했는데, 연주가 끝나면 선배는 인천 뒷골목 구석구석의 기이한 곳으로 나를 데리고 가서 새벽까지 함께 술을 마시곤 했다. 시간이 멈춘 듯, 오랜 과거로 되돌아간 듯, 머나먼 이국의 낯선 도시인 듯 인천의 뒷골목은 언제나 나를 설레게 했다.

20대 후반의 한겨울이었다. 싸늘한 햇빛이 저물던 오후, 선배를 따라 도착한 곳은 인천역 앞 밴댕이골목의 작고 허름한 선술집이었다. 오래된 미닫이문 위에는 수원집이라는 아이러니한 간판이 보인다.

인천역 앞 수원집.
미술관 옆 동물원처럼 호기심이 생긴다.

녹슨 미닫이문을 열고 들어가니 곱슬머리 이모님이 반가운 듯 귀찮은 듯 맞아주신다. 테이블은 없다. 이모와 우리 사이에는 붉은 벽돌로 쌓은 다찌가 있고, 다찌 위에는 각종 술병과 술잔이 줄을 맞춰 늘어서 있다.

냉장고도 없고, 메뉴도 없다.

무엇을 파는 곳인지 궁금하던 차에 이모는 얼음을 채워 넣은 선반을 열어 생선들을 보여준다. 선어회를 파나 보다.

"밴댕이 드릴까? 병어도 좋고. 오늘은 준치가 있네. 썩어도 준치 알지? 준치 맛있어. 드셔봐."

준치와 밴댕이 몇 마리를 듬성듬성 썰어 고추, 마늘과 함께 떡볶이 접시에 내어 주신다. 처음 보는 생선이다. 선배는 여러 술 중에 김포 별주를 집어 글라스에 가득 따라 준다. 이런 술도 처음 본다.

"소주잔에 안 드세요?"

"어. 여기는 뱃사람들이 일하다 잠깐 와서 글라스로 한 잔 쪽 하고 밴댕이 몇 점 집어먹고 가고 그래. 그냥 거기다 마셔."

알코올 도수 13도. 맥주의 세 배 정도다. 글라스에 마실 술은 아니지만 나는 뱃사람이 된 것처럼 한 잔 쭉 들이켜고 밴댕이회 한 점을 먹는다.

달다. 정신줄 놓기 딱 좋은 술이다.

서쪽 바다 끝에서 온 붉은 노을빛이 창문 밖 하얀 싸라기눈에 색을 입힌다. 한 잔, 두 잔. 한 점, 두 점. 낯선 술, 낯선 생선에 마음을 내려놓으니 낯설던 음악이 따뜻하게 들려온다. 음악을 따라 고개를 돌려보니 가게 한구석 낡은 데크에서 카세트테이프가 돌아간다.

"형. 이거는 누구예요?"

"어, 배호지. 너 배호 몰라? 배호 죽이지."

〈안개 속으로 가버린 사랑〉.

구닥다리 트로트이리라 생각했던 배호의 음악이 20세기 초 미국의 재즈 빅밴드처럼 세련되고 우아하다. 우리나라에도 이런 연주와 노래가 있었구나.

한참을 귀 기울여 듣던 음악이 끝나 아쉬움에 잔을 들자 철컥 하는 소리와 함께 반대편 테이프가 돌아간다.

오토리버스. 40년 전 신기술이 배호와 술잔을 끊임없이 이어준다. 멋들어진 창법과 구성진 목소리는 나를 1960년대의 뉴욕과 명동 사이를 헤매게 했고, 선배와 나는 그렇게 현실을 떠나 꿈나라로 가고 있었다.

이튿날 눈을 뜬 곳은 선배의 작업실 바닥이었다. 입 안에는 아직 비릿한 생선 향이 남아 있었고, 귓가에는 배호의 따뜻한 목소리가 들리는 듯했다. 이후로 나는 인천에 공연이 있을 때면 동료 연주자들을 데리고 그 집을 찾았고, 이모는 항상 배호 테이프를 틀어주셨다. 그리고 나는 또 꿈나라로 갔다.

간혹 집에서 혼술할 때도 배호를 들었지만, 이내 수원 집 테이프의 투박한 소리가 그리워지곤 했다.

그렇게 종종 먼 길을 찾아가길 10여 년, 그동안 배호를 틀어주던 오래된 데크는 수다스러운 TV로 바뀌었고, 이모는 가게를 그만해야겠다고 자주 말했다.

마지막으로 간 게 언제였을까. 기억이 나지 않는다.

그 집이 문을 닫았다는 소식을 들은 후에도 나는 그 집을 찾아갔다. 가게와 간판은 아직 그대로 있지만 녹슨 미닫이문은 잠겨 있다. 혹시 다시 문을 열었을까 가끔 지나가보지만 어두운 가게 안에는 아무도 없다. 미닫이 문 너머의 추억은 아직 그대로인데.

사랑하는 것들은 그렇게 갑자기 사라진다.

악사의 처방전

증상: 잃어버린 낭만을 다시 찾고 싶을 때.

처방: 배호의 노래를 들으며 김포 별주 한잔하기. 안주는 밴댕이회.

※ 배호 _ 1942년에 태어나 1971년 29세의 젊은 나이로 요절한 불세출의 가수. 대한민국 가요계에서 가장 멋들어진 창법을 구사한 가수다. 10대 시절 미군 부대를 비롯한 여러 악단에서 드럼을 연주하며 음악 활동을 시작했다. 가수 데뷔후 〈돌아가는 삼각지〉가 대히트를 기록하며 1960년대 최고의 인기 가수로 자리매김했다. 이후 〈안개 낀 장충단공원〉을 연달아 히트하며 10대 가수로 선정되지만, 그의 몸은 이

미 오래전부터 앓아 온 신장염으로 만신창이가 된 상태였다. 1971년 음악방송 출연을 마치고 돌아오던 중 비를 맞아 건강이 급격히 악화되어 같은 해 11월 7일 병원에서 돌아오던 택시 안에서 사망했다. 그의 유작 〈마지막 잎새〉를 비롯한 많은 곡이 병상에서 녹음한 곡으로, 중저음의 목소리에 쓸쓸함과 애절함이 묻어 있다.

 〈안개 속으로 가버린 사랑〉 배호

※ 만남의집 _ 수원집은 사라졌지만 인천역 앞에는 아직 몇몇 곳의 밴댕이회집이 남아 있다. 인천역 광장의 우측편 횡단보도를 건너면 '밴댕이와 소주의 만남'이라는 부제를 단 '만남의집'이 있다. 수원집만큼 운치 있는 가게는 아니지만, 밴댕이회와 병어회, 회무침과 조림까지 훌륭한 술안주를 저렴한 가격에 푸짐하게 먹을 수 있는 곳이다.(인천 중구 제물량로 261)

※ 김포별주 _ 도수 13%, 용량 500㎖, 가격 3,500~4천 원. 경기도 김포시 월곶면에 위치한 김포양조에서 생산하는 술

로 제1회 대한민국주류품평회 은상, 2013년 대한민국 우리 술 품평회 최우수상, 샌프란시스코 국제주류품평회 실버 메달을 수상했다. 쌀과 옥수수를 주원료로 사용해 특유의 달콤한 맛과 황금빛 색이 특징이다. 비릿한 밴댕이회와 좋은 궁합이다.

부에나 비스타 코리안 클럽　　　　━━━━━━

〈부에나 비스타 소셜 클럽〉이라는 영화가 있었다.

쿠바혁명 이후 음악을 포기하고 재야에 묻혀 지내던 노 뮤지션들을 찾아내어 예전의 영광을 재현하는 내용의 다큐멘터리다. 구두닦이나 이발사를 하며 늙어가던 왕년의 스타들이 다시 모여 공연을 하는 모습이 가슴 뭉클하게 했던 영화다. 오래된 이 영화에 관해 이야기하려는 것은 아니다. 영화의 주인공들만큼 굴곡진 인생을 살았던 한국의 뮤지션들에 대해 이야기하고 싶어서다.

내가 사랑하고 그리워하는, 지금은 별이 된 네 명의 뮤지션과 나와의 이야기를 시작한다.

"기레빠시 한 잔 드려요?"

중저음의 허스키한 목소리로 선생님께서 물으신다. 선

생님은 한참 어린 후배 연주자들에게도 항상 존대하신다. 기레빠시. 요즘은 아는 사람이 거의 없을 것 같은 이 말은 자투리라는 뜻의 일본어인데, 옛날에 술집에서는 손님이 마시다 남기고 간 술을 그렇게 불렀다.

선생님이 운영하시는 교대역 앞 지하의 작은 재즈 클럽 야누스에 손님보다 많은 수의 뮤지션이 연주를 마치고 앉아 있다. 선생님께서 술 좋아하는 연주자 셋을 위해 '기레빠시' 위스키를 한 병 가져다주신다. 꽤 많이 남아 있는 술이 오늘 받을 연주비보다 비쌀 듯하다.

청담동에서 영업하던 시절에는 돈 많은 손님이 자주 음악을 들으러 왔고, 종종 뮤지션 테이블로 위스키 한 병을 보내기도 했다. 지금은 손님이 많이 줄어 기레빠시도 귀해졌다.

위스키를 한잔하고 선생님께 그동안 망설였던 어려운 이야기를 꺼낸다.

"선생님, 제가 이번에 새 앨범을 준비 중인데요. 한 곡만 부탁드릴 수 있을까요?"

"아 그래요? 어떤 곡이죠?"

1926년 윤심덕이 불렀던 〈사의 찬미〉를 선생님의 목소리로 꼭 남기고 싶었다.

광막한 광야를 달리는 인생아
너의 가는 곳 그 어데이냐
쓸쓸한 세상 험악한 고해를
너는 무엇을 찾으러 가느냐

한국 재즈의 대모 박성연.

척박했던 이 땅에서 한평생 재즈를 사랑하고 지켜오신 선생님께 묻는 노랫말 같았다. 선생님께서는 어렵게 드린 부탁을 흔쾌히 수락하셨고 이후 녹음이 예정된 날까지 자주 음악에 대해 의견을 주셨다.

녹음 날 선생님께서는 편찮은 몸으로 직접 차를 운전해서 연남동 녹음실로 오셨다. 간단한 음향 체크 후 별도의 리허설 없이 녹음을 시작했다.

"광막한~"

나지막이 흘러나온 선생님의 첫 음성에 녹음실에 있던 모든 사람이 "아……" 하고 탄성을 내뱉었고, 노래가 끝날 때까지 아무 말도 할 수 없었다.

박성연 선생님과 함께한 〈사의 찬미〉는 라벤타나 3집 《Orquesta Ventana》를 마무리하는 마지막 트랙이 되었고, 아주 먼 훗날 이 곡을 들으면 많이 슬프겠다는 생각이 들었다.

몇 년 후 선생님은 계속되는 경영난과 건강 악화로 37년간 운영하시던 재즈 클럽 야누스에서 손을 떼셨고 그후로는 노래하시는 모습을 뵙기가 어려웠다.

2020년 어느 여름날, 오랫동안 진열장에 꽂혀 있던 라벤타나 3집을 꺼내 마지막 트랙을 재생했다. 그러고는 반쯤 남은 위스키를 따라 마시며 슬픈 마음을 달랬다.

"외롭고 괴로울 때면 블루스를 더 잘 부르게 되겠구나."라고 말씀하시던 선생님은 그렇게 우리 곁을 떠나셨다.

* * *

쿠바에 '부에나 비스타 소셜 클럽'이 있다면 한국에는

'대한민국 재즈 1세대 밴드'가 있다. 깊이 팬 주름에 굽은 허리, 하얗게 센 머리의 노신사들이 무대 위에서 행복하게 연주하는 모습은 내 노년의 롤모델이었다.

재즈 1세대 선생님들 모두 왕년에 이름깨나 날리던 멋쟁이들이었지만, 공연 때 제일 인기가 많은 분은 클라리넷 연주자 이동기 선생님이셨다. 아담한 체구에 늘 소년처럼 웃던 선생님은 성품만큼 따뜻한 연주를 들려주셨고, 공연이 끝나면 손녀뻘의 여성 팬들의 사진 요청을 받아주느라 항상 바쁘셨다.

선생님은 디즈니 애니메이션 피노키오의 주제곡 〈별에게 소원을 빌 때(When you wish upon a star)〉를 즐겨 연주하셨다. 사람이 되고 싶은 피노키오처럼 선생님도 사람이 되고 싶다고 말씀하셨다.

"내가 언제 사람이 되나? 내가 음악을 잘할 때 사람이 되는구나. 항상 그런 생각을 하고 있었는데 아직도 그게 안 돼 있거든요. 그건 앞으로도 안 될 거 같은데……."

수줍게 웃으며 말씀하시는 모습을 보고 나는 이동기 선생님을 피노키오 선생님이라고 불렀다.

마드모아젤S라는 팀을 결성해 첫 앨범을 준비 중인 때였다.

선생님께 연주를 한 곡 부탁드리고 싶어 곡을 쓰고 있었다. 선생님께서 편찮으신 와중에도 종종 공연하신다는 소식을 듣고 있었기에 곡이 완성되면 바로 연락을 드리고 녹음 일정을 잡을 생각이었다.

한창 공연이 많은 봄 시즌에 바쁜 일정으로 곡 작업이 늦어지던 중에 갑자기 선생님의 부고 소식을 들었다. 더는 선생님의 따뜻한 연주를 들을 수 없게 된 것이다.

화창한 봄날, 선생님께 마지막 인사를 드리고 돌아와 애틋한 마음으로 곡을 마무리했다. 그리고 그 곡의 제목을 'Dear Pinocchio'라고 썼다.

선생님의 소년 같은 미소와 아름다운 연주가 그립다.

* * *

김건모의 〈흰 눈이 오면〉이라는 곡이 있다. 내 취향의 곡은 아니지만, 끝까지 들으면 곡의 후주로 연주되는 처연한 왈츠를 들을 수 있다. 한겨울 삭풍보다 가슴 시린이 선율이 심성락 선생님의 아코디언 연주다.

〈봄날은 간다〉, 〈인어공주〉 등 많은 영화에서도 선생님의 애잔한 연주를 들을 수 있다.

아코디언이라는 악기를 처음 사고 나서는 해외의 유명 뮤지션들의 연주를 받아 적어 반복해서 연습하곤 했다. 빠르고 어려운 프레이즈들은 익히는 데 많은 시간이 걸렸지만 몇 번이고 반복해서 듣고 연습하면 비슷하게 연주할 수 있었다. 하지만 선생님의 연주는 달랐다. 느리고 쉽게 들렸지만 미세한 표현을 받아 적기도 어려웠고 따라 하려고 해도 도무지 그 느낌이 나지 않았다. 빠른 게 어려운 게 아니라는 걸 그때 알았고, 지금도 무대에서 선생님처럼 연주하려고 노력할 때가 많다.

선생님과는 활동 분야가 좀 달라서 연주 일로 뵙기가 어려웠다. 선생님을 처음 뵌 곳은 한국 대중음악상 시상식에서였다.

선생님은 그날 공로상을 받으셨고 나는 축하 연주를 맡았다. 선생님은 처음 만난 후배 연주자를 반갑게 맞아

주셨고 연주가 좋았다는 격려도 해주셨다. 대뜸 전화번호를 적어주시며 집에 놀러 오라고 하셨는데, 그 모습이 왠지 쓸쓸해 보였다.

선생님 얼굴의 주름이 아코디언 바람통의 주름처럼 보였다.

선생님은 어떤 인생을 사셨을까? 어떤 인생을 사셨기에 그렇게 가슴 저린 연주를 하실까? 지금은 혼자서 어떻게 지내고 계실까? 궁금한 게 많아 전화를 드리고 한 번 찾아뵙고 싶었지만 차일피일 미루는 사이 직접 적어주신 전화번호 쪽지를 잃어버리고 말았다. 핸드폰에 저장을 좀 해둘걸, 아날로그형 인간의 폐해였다.

몇 년 후 선생님 댁의 화재로 악기가 불타버렸다는 소식을 들었다. 국보급 연주를 잃을 수 없어 후배들이 십시일반 돈을 모아 새 악기를 사 드렸으나 선생님의 연주는 예전 같지 않았다. 그 후로는 건강악화로 더이상 연주를 하지 않으신다는 소식만 들을 수 있었다.

선생님의 부고 소식을 듣고 나서야 나를 기억하지 못

하셨을 선생님을 찾아뵈었다. 선생님의 빈소는 몹시 쓸쓸했다. 가요계 관계자 두 분이 아무도 없는 빈소를 지키고 계셨다. 선생님께 찾아뵙지 못해 죄송하다는 인사를 드리고 나오니 두 분이 오셔서 이런저런 이야기를 해주신다. 그제야 선생님의 가슴 저린 연주를 이해할 수 있었고, 나는 그렇게 연주할 수 없다는 걸 깨달았다.

집으로 돌아오는 길 한겨울 삭풍은 선생님 아코디언의 바람 소리 같았다.

* * *

음악대학 출신이 아닌 나에게 한 선배는 종종 이렇게 말했다.

"태호 니는 워터콕 대학 나온 거데이."

군악대 제대 후 재즈가 듣고 싶어 찾아간 곳, 드럼이 치고 싶어 찾아간 곳.

재즈 클럽 워터콕의 주인장이자 베이시스트였던 차현 선생님은 연고 없이 헤매던 나에게 소중한 무대와 귀한 인연들을 만들어주셨다.

탱고에 빠져 고물 아코디언 한 대로 오합지졸 밴드를 시작했을 때, '죽이는' 음악이라고 격려해주시며 흔쾌히 클럽을 합주실로 내어주시고 열정만 가득했던 풋내기 팀을 사운드 데이 메인 무대로 밀어붙이신 차현 선생님. 그분이 아니었다면 지금의 '라벤타나'도 없었을 것이라 확신하면서, 생전에 감사 마음 전하지 못한 것이 이제 눈물이 된다.

아무도 못 말릴 고집스러움으로 한평생 음악을, 베이스를 그리고 인간을 사랑하셨던 차현 선생님.
오늘 하루 온전히 그분을 기억하고 그리워하겠다.

악사의 처방전

증상: 문득 떠나간 사람이 그리워질 때.

처방: 부에나 비스타 코리안 클럽 선생님들의 음악을 들으며 그리운 사람과의 행복했던 기억을 떠올려 보세요.

〈사의 찬미〉 라벤타나(Feat.박성연)

 〈Dear Pinocchio〉 Mademoiselle S

 〈My Mother Mermaid〉 심성락

 〈달빛서린 산비탈에는〉 차현

※ 디바 야누스 _ 한국 재즈계의 대모 고(故) 박성연의 재즈 클럽 야누스를 후배 뮤지션들이 이어받아 디바 야누스라는 이름으로 명맥을 이어가고 있다. 디바 야누스라는 이름에는 박성연의 정신을 이어받고 국내 재즈 보컬의 발전에 일조한 다는 의미가 담겨 있다. 매일 밤 대한민국 정상급 재즈 뮤지션들의 공연이 펼쳐진다.(서울 강남구 압구정로 30길 45 1 층)

기초체육 종목에 강한 나라가 스포츠 강국이 되고 기초학문이 발달한 나라가 선진국이 된다. 하지만 안타깝게도 이런 기초 분야는 사회의 관심과 지원에서 소외되어 외롭고 힘겨운 홀로서기를 한다.

재즈가 그렇다. 120여 년 전 미국에서 발생한 다문화 음악이 현대 대중음악의 뿌리이자 자양분이 되며 끊임없이 진화하고 있지만, 턱없이 낮은 인지도와 시장점유율은 대중과 머나먼 거리를 방증한다.

척박한 환경 속에서도 재즈는 여전히 그 가치를 이어가고 있고, 이런 끈질긴 생명력의 기저에는 재즈 뮤지션들의 요람이 되어주는 라이브 재즈 클럽이 있다.

정부의 지원 없이 오로지 상업 논리로 운영되는 재즈 클럽에서 비인기 장르의 상시 공연을 이어가는 것은 쉬운 일이 아닌데, 이것은 재즈에 대한 깊은 사랑과 철학 그리고 헌신이 없이는 불가능한 일이다. 1999년 라이브 클럽 합법화 이후 현재까지 수많은 재즈 클럽이 생기고 또 사라져 갔지만, 서울에는 오랜 인고의 시간을 견뎌온 야누스, 올댓재즈, 에반스와 같은 전통의 재즈 클럽이 남아 있다.

선진 사회를 위해 국토 균형 발전이 중요하듯 재즈의 저변 확대를 위해서는 지방의 문화가 함께 발전해야 한다. 재즈 강국인 이웃 나라 일본처럼 지방 소도시 곳곳에 재즈 클럽이 활성화되기를 바라지만, 서울에 비해 연주자도 리스너도 절대적으로 부족한 지역에서 재즈 클럽을 운영하는 것은 더더욱 어려운 일이다. 이런 이중고 속에서 지방의 몇 안 되는 재즈 클럽들이 하나둘씩 사라져 간다.

타지의 낯섦과 정겨움이 함께했던 그 무대들을 그리워하며 서울 이외의 지역에서 현재 운영 중인 재즈 클럽을 소개한다.

● 지샵하우스

수인선 여수역 맞은편 건물 1층에는 테라스가 근사한 재즈 클럽이 있다. 보통 재즈 클럽은 임대료의 압박으로 건물의 지하나 2, 3층에 자리잡기 마련인데, 이곳은 도로변 건물 1층에 넓은 테라스까지 있는 보기 드문 재즈 클럽이다.

화창한 봄날, 겨우내 닫혀 있던 테라스를 열고 손님맞이를 하면 파라솔 아래 좌석은 곧 맥주 한잔을 하며 음악을 즐기는 손님들로 가득 찬다. 길 건너 마사지 숍과 모텔 건물만 보지 않으면 유럽에 온 기분이 든다.

늦은 오후 리허설을 위해 클럽에 도착하면 큰 눈에 멋진 미소를 가진 사장님이 반갑게 맞아주신다.

"맥주 한 잔 줄까요?"

마음씨 좋은 사장님의 첫인사는 항상 이렇다. 덕분에 배가 부른 날이나 술이 덜 깬 날이 아니면 항상 시원하게 맥주를 한 잔 마시고 시작한다. 이곳에는 기네스 생, 하이네켄 생을 비롯해 지역 양조장의 맥주까지 총 8종이나 되는 생맥주가 있어 매번 다른 맥주를 골라 마시는 즐거움이 있다.

뒤늦게 위스키에 입문하신 사장님은 종종 나와의 술자리를 준비해 두신다.

"오늘 같이 마시려고 글렌피딕 한 병 준비했어. 이따가 설명 좀 해주면서 마셔. 알고 마셔야 좋지."

연주비보다 비싼 위스키를 거부할 수는 없다. 연주를 마치고는 사장님과 마주앉아 위스키의 재료, 제조 과정, 잔의 종류 그리고 테이스팅까지 즐거운 대화와 함께 술을 마신다.

이곳의 또 하나의 자랑은 길이 잘 든 야마하 그랜드 피아노다. 뮤지션들의 더 좋은 연주 환경을 위해 얼마 전 교체한 야마하 C3 모델은 전국 재즈 클럽의 피아노 중에서도 손꼽힐 만한 터치와 음색을 가졌다.

지방의 재즈 클럽에서는 오너의 열정과 훌륭한 시설에도 불구하고 관객들의 관람 문화에 아쉬움이 생길 때가 많다. 주변 환경 때문인지 이곳에도 종종 음악과 뮤지션에 대한 인식이 부족한 손님들이 술을 마시러 와 공연 분위기를 흐리는 일이 생기곤 한다. 지역 사회에도 품격 있는 공연 문화가 자리잡기를 바라며 이곳의 사장님은 오늘도 외로운 노력을 이어가고 있다. 그의 노력이 언젠가 지역 문화의 발전으로 이어질 것을 믿는다.

나는 그를 응원한다. Cheers.

● 옐로우 택시

노잼 도시 대전을 위로하는 재즈 클럽이 있다. 유성온
천 거리의 한복판 1층에 자리한 작은 재즈 클럽에 공연
이 있는 날이면 건물 앞 도로는 자리를 잡지 못해 서서
구경하는 사람들로 북적인다.

클럽 안의 벽면에는 로버트 드니로가 노란 택시를 몰
던 영화 〈Taxi Driver〉의 포스터가 붙어 있다.

재즈 클럽 옐로우 택시는 뮤지션들이 가장 서기 어려
운 무대로 유명하다. 그 이유는 대전재즈협회 회장을 맡
고 있는 사장님의 까다로운 연주자 선정에도 있지만, 이
곳의 무대가 복층 구조의 2층에 있어 연주하기 위해서는
90도에 가까운 사다리를 타고 올라가야 하기 때문이다.
연주 전 콘트라베이스 연주자는 이삿짐센터 직원이 되
고, 드레스에 힐을 신은 여가수는 암벽 등반가가 된다.
예상하지 못한 노력 끝에 선 복층 무대는 밖에서 보기에
는 꽤 이색적으로 보여 지나던 행인들의 발걸음을 멈춰

세운다.

이런 역경에도 불구하고 내가 이곳을 애정하는 이유는 바를 가득 채워 천장까지 진열된 150여 종의 위스키 때문이다. 꾼은 꾼을 알아본다. 내가 공연 후 넌지시 위스키 이야기를 꺼내자 사장님은 바로 위스키 한 잔을 내어주신다. 캐주얼한 싱글 몰트다. 감사히 마신 후 맛에 관해 이야기하자 사장님은 곧바로 다른 위스키를 한 잔 가져다주시며 설명해주신다.

"맥캘란 클래식 컷 한 번 드셔보세요. 구하기 힘든 건데 깔끔한 컷이에요."

그냥 주기 어려운 고가의 위스키다. 클럽 운영도 어려우실 텐데 이렇게 기꺼이 주셔도 되나 싶어도 거절은 하지 않는다.

사장님과 함께 발베니, 스프링뱅크, 글렌드로낙 등등 훌륭한 싱글 몰트 몇 잔을 비우니 위스키 품평회의 분위기가 무르익는다.

"이쯤에서 잠깐 버번으로 갈아타시죠."

러셀 싱글배럴. 버번의 달콤함에 금세 기분이 환하게 바뀐다.

"스팅의 〈Moon over Bourbon street〉라는 곡이 있잖아요."

기분이 좋아진 사장님이 술에 얽힌 음악 이야기를 해주신다. 흥미로운 이야기에 맞장구를 치며 술잔을 이어가니 어느새 열 종류 가까운 위스키를 마셨다.

취기가 제법 올라 이번에는 슬쩍 내 취향을 넌지시 말해본다.

"사장님 피트 위스키 한잔 어떠세요?"

사장님은 단숨에 바로 가서 내가 마셔보지 못한 피트를 한 잔 가져다주신다.

"일리치. 일리악이라고도 읽는데, 비 오는 날 마시면 좋아요."

코끝으로 봄비 내린 시골길의 흙내음이 스며든다.

'온 정신이 고만 아찔하였다.'

사장님의 위스키 코스 메뉴는 밤새도록 끝날 줄을 몰랐지만, 나는 곧 정신을 차리고 자리를 일어선다. 더이상은 과분하다. 나는 곧 필름이 끊길 것이고, 귀한 술은 모두 기억 너머로 사라질 것이다.

"사장님, 감사히 잘 마셨습니다. 오늘은 이만 가보겠

습니다."

"아니, 벌써 가면 어떡해. 안 돼, 안 돼. 한 잔만 더 하고 가요."

한 잔을 더 한 적도 있지만, 나의 작별 인사와 사장님의 또 한 잔은 무한 반복된다. 감사의 마음을 담아 오늘은 여기까지.

노잼 도시 대전에는 옐로우 택시가 있다.

● 살롱 드 계단길

굽이굽이 계단이 있는 마산 교방동의 언덕 마을에는 오래된 주택을 개조해 만든 예쁜 카페가 있다. 전문 재즈 클럽은 아니지만, 복합문화공간을 표방하는 이곳 살롱 드 계단길에는 한 달에 2, 3회 재즈를 비롯한 다양한 장르의 공연과 이벤트가 열려 마산 지역 주민들의 문화적 갈증을 달래주고 있다.

주택의 모습이 그대로 남아 있는 카페는 아담한 실내와 넓은 마당 그리고 탁 트인 옥상, 이렇게 세 공간으로 이루어져 있다. 통유리가 있는 실내에는 곳곳에 예쁜 화분들과 테이블이 놓여 있고 마당에는 불멍을 즐길 수 있는 캠핑장이 차려져 있다. 언덕 마을이 내려다보이는 옥상에는 시원한 바람을 맞으며 야경을 볼 수 있는 커다란 평상이 있다.

살롱 드 계단길의 다양한 공연은 계절과 날씨에 따라 무대가 달라지는데, 작년 봄 옥상에서 열린 오픈 기념 공연에서는 뮤지션과 관객 모두 산들바람과 함께 음악을 즐기는 행복한 시간을 보낼 수 있었다.

서울의 뮤지션들이 머나먼 마산의 작은 카페에 공연을 오는 것이 쉬운 일은 아니지만, 이곳 분들의 따뜻한 환대와 융숭한 대접은 고된 여정을 잊게 해준다. 그리고 우리는 좋은 공연으로 그 마음에 보답한다.

관객들의 공연료 전액을 뮤지션에게 지급하고 공연을 마친 후의 술자리부터 묵어갈 숙소까지 마련해주는 것은 우리가 이곳에 공연을 오기보다 더더욱 쉽지 않은 일일 것이다.

이런 노력에 감사하는 마음으로 이곳에 올 때면 언제나 준비해주신 술은 끝까지 마신다. 내일 돌아갈 길이 고되겠지만, 술자리에 내일은 없다.

남국의 설레는 바람에 나는 곧 정신을 잃어가고 가로

등 불빛을 따라 계단길 골목을 헤맨다. 눈을 떠 보니 어제 기억은 꿈처럼 사라지고 향긋한 술내음만 입 안을 맴돈다. 마산 어시장 복국 한 그릇에 소주 한 잔이 또 들어간다.

● 버텀라인

제2경인고속도로의 끝자락. 공장 굴뚝의 흰 연기 너머로 붉은 노을빛이 퍼진다. 나의 버텀라인 연주는 해 질 녘 남항 부두의 풍경과 함께 시작된다.

신포사거리. 적색 신호에 차를 멈추면 고풍스러운 옛 건물들이 보이기 시작한다. 언제 와도 마음이 편안해지는 곳, 내가 사랑하는 신포동이다.

등대 경양식을 지나 중화루 앞에 차를 세우면 노란 철문이 인상적인 2층 건물이 보인다.

'BOTTOM LINE Since 1983'

삐걱대는 나무 계단을 올라 출입문을 여는 순간 나의 시간은 100년 전으로 돌아간다. 높은 천장 아래 빛바랜 나무 서까래는 일제강점기 양품점으로 쓰였던 이 근대 건축물의 오랜 역사를 말해준다. 오래전 지푸라기와 흙을 빚어 만든 건물의 벽은 연주자의 악기 소리를 따뜻하게 감싸주어 여느 공연장과 다른 정감 있는 사운드를 만들어낸다.

리허설을 마친 우리는 클럽 앞의 노포 중국집 진흥각으로 간다. 기타리스트는 볶음밥을 시키고, 나는 짬뽕밥을 시킨다. 진흥각의 짬뽕밥에는 볶음밥이 나오기 때문이다. 이것은 나만 아는 비밀이었다. 반주로 연태고량주를 한잔하고 싶지만 오늘 받을 연주비를 생각해서 그냥 이과두주를 시킨다. 목넘김은 거칠어도 56도 도수가 마음에 든다.

객석을 가득 채운 관객들은 오래된 건물에 생기를 불어넣는다. 관객들의 열띤 호응과 함께 즐거운 공연을 마치면 맥주 한 잔에 목을 축이며 사장님의 LP 선곡을 감상한다. 버텀라인의 한쪽 벽면에는 5천여 장의 LP가 있어 신청곡을 적어 내면 잠시 후 지글지글하는 소리와 함께 따뜻한 음악이 흘러나온다.

이곳에 오면 꼭 듣고 싶은 노래가 있다. 인천의 자랑, 재즈 보컬리스트 최용민의 〈안개꽃을 든 소녀〉다. 봄바람에 실려 온 듯 포근한 목소리에 안개꽃보다 새하얗던

첫사랑이 생각난다. 노래가 끝날 무렵 멀리서 들려오는 아코디언 소리가 이루지 못한 사랑만큼 아련하다.

신포동 곳곳에는 나의 추억이 묻어 있다. 버텀라인은 나의 추억 한가운데에 있다.

악사의 처방전

증상: 집 떠나 정처 없이 떠돌고 싶을 때.

처방: 재즈 클럽이 있는 도시를 찾아 떠난다.

※ 지샵하우스 _ 매주 목요일부터 토요일 저녁 8시에 라이브 재즈 공연이 있으며 낮에는 카페로 운영된다. 정기적으로 연주자 지망생이나 음악 애호가들을 위한 오픈 마이크 무대가 열린다. 영업시간 월~토요일 11:00~24:00, 일요일 14:00~22:00.(인천 연수구 벚꽃로 96 1층)

※ 옐로우 택시 _ 매주 토요일 8시에 라이브 재즈 공연이 있다. 국내 정상급 아티스트를 비롯해 해외 아티스트 초청 공

연도 자주 열린다. 영업시간 19:00~02:00.(대전 유성구 온천북로 13번길 21 스카이뷰시티 107호)

※ 살롱 드 계단길 _ 월 2회 재즈를 비롯한 다양한 장르의 공연이 열린다.(날짜, 시간 개별 공지) 공연 이외에 불멍데이, 캠핑데이, 삼겹살데이 등의 특별한 이벤트가 열린다. 영업시간 화~토요일 11:30~23:55, 일요일 13:00~23:55, 월요일 정기휴무.(경남 창원시 마산합포구 교방남7길 3-22)

※ 버텀라인 _ 매주 토요일 저녁 7시 30분 정기공연을 비롯해 다양한 특별공연이 열린다. 공연 시간 외에는 LP로 신청곡을 들을 수 있다. 영업시간 화~토요일 18:00~24:00 일요일 · 월요일 휴무.(인천 중구 신포로 23번길 23 2층)

※ 꼬모엘 마리옹 _ 대구 교동 전자거리에 있는 세상에서 제일 작은 재즈 카페. '꼬모엘 마리옹(Como el Marion)'은 영화를 전공한 여 사장님의 닉네임이다. 건물 한 쪽 모퉁이의 3평 남짓한 작은 카페는 오래된 LP와 턴테이블, 고풍스러운 피아노와 예쁜 찻잔 등 여 사장님의 우아한 취향으로 가득하

다. 월 1~2회 재즈 라이브가 열리는 날이면 가게 앞 주차 공간은 간이 의자가 놓인 객석이 된다. 수준 높은 핸드드립 커피를 맛볼 수 있다. 영업시간 월~목요일 11:30~17:00, 금요일 12:00~18:00, 토요일 12:00~21:00. 공휴일 휴무. 공연 일정 개별 공지.(대구 중구 교동4길 29 1층 105호)

첫 만취를 경험한 지 30년. 규칙적인 음주로 술과 함께 생활한 지는 26년이 되었다.

그동안 많은 술을 마시며 많은 일이 있었지만, 다행히 지금까지 큰 사고 없이 행복한 음주 생활을 이어가고 있다. 이것은 술과 나의 서로에 대한 깊은 신뢰와 사랑이 있었기에 가능한 일이었다. 나는 술을 사랑하고, 술도 나를 사랑한다. 하지만 사랑은 참 어려운 것이다. 사랑하기 위해서는 참아야 할 것도 지켜야 할 것도 많다. 상대를 위해, 상대가 사랑하는 나를 위해. 그래야 영원히 그 사랑을 이어갈 수 있다.

그래서 나는 그 사랑을 지키기 위한 10가지 규율을 만들어 모두에게 공표한다.

- '배부르지 말라'

10가지 계명 중 유일하게 술을 많이 마시기 위한 계명이다.

예부터 우리나라는 술을 음식의 한 종류로 여겨 여러 음식과 함께 푸짐한 술상을 차리는 안주 문화가 발달했다. 통영의 다찌집, 마산의 통술집, 전주의 막걸리집에서는 끝없이 이어지는 안주가 자랑거리다. 번화가의 트랜디한 술집들 중에서도 푸짐한 안주가 나오는 곳이 핫플레이스가 되곤 한다. 나도 맛있는 음식을 찾아다니며 먹는 것을 좋아하고 종종 미식가라 불리지만 나에게 제일 맛있는 음식은 술이다. 다른 음식은 술맛을 더해주는 보조일 뿐, 배가 차면 더 이상 술을 마실 수가 없다. 아무리 비싸고 맛있는 음식이라도 한 잔에 한 점이면 충분하다. 그것도 많을 때는 반씩 잘라 먹는다. 뷔페에 가면 좋아하는 음식을 먼저 먹듯이 나에게는 술이 최우선 순위의 음식이다.

배가 부르면 모든 것이 끝이 난다. 아무리 비싼 술도 맛이 없다. 만사가 귀찮고 그냥 집에 가서 자고 싶다. 더이상의 즐거운 시간도 없다. 술이 주는 기나긴 쾌락을 즐기기 위해서는 맛있는 음식의 유혹을 참아내야 한다.

이 계명을 잘 지키면 술을 많이 마셔도 살이 덜 찌는 좋은 점도 있다.

● '마신 만큼 뛰어라'

한창 젊을 때는 앞뒤 따지지 않고 마셨다. 무섭게 마셨다. 새벽까지 달리고 쓰러져도 다음 날 저녁이면 또 술이 고팠다. 그럼 또 마셨다. 그럴 수 있어 좋았다.

옛말에 장사가 없는 것이 몇 가지 있는데, 그게 술과 세월이었다. 나이가 들수록 술 마신 다음 날 자주 몸이 힘들어지기 시작했고, 주변에 술 드시다 가신 분의 소식도 종종 들려왔다. 술 없이는 못 사는 내가 언제까지 술을 마실 수 있을까 생각해보니 건강을 지켜야만 오래오래 술을 마실 수 있겠다는 생각이 들었다.

그래서 운동을 시작했다. 소주 한 병당 1킬로미터 뛰기. 이것은 시판되는 희석식 소주 기준이고 알코올 도수로 환산하면 56도 고량주 한 병을 마시면 3킬로미터를 뛰어야 한다. 많이 마신만큼 몸은 더 힘들고 뛸 거리는 늘어난다. 결심하고 얼마간은 열심히 했는데 이러다

마라톤 선수가 될 것 같아 계획을 현실적으로 수정했다. 지금도 나는 운동을 꾸준히 하고 있고 그 목표는 몸만들기도 근력 증진도 아닌 오로지 내일 하루도 무사히 한잔을 하기 위함이다.

- '마음이 힘들 때는 마시지 말라'

술을 마시고 싶을 때는 여러 가지다. 기쁠 때, 슬플 때, 화가 날 때, 지칠 때, 심심할 때, 잠이 오지 않을 때, 더울 때, 추울 때, 목이 마를 때 등등 많기도 하다. 술은 이럴 때 우리를 도와준다. 위로와 안정, 행복을 준다. 하지만 내가 극도로 경계하는 것이 있다. 술이 불러오는 감정의 증폭이다. 기쁠 때나 행복할 때 사랑이 넘칠 때는 음주가 좋은 일이 되지만 슬플 때, 절망적일 때, 우울할 때, 분노가 치밀 때는 술로 인한 감정의 증폭이 큰 화를 부를 수 있다.

몸이 힘들 때는 오히려 시원하게 들이켠다. 도수가 높을수록 눈이 번쩍 뜨이고 기운이 솟는다. 하지만 마음이 힘들 때는 맥주 한 캔도 마시지 않는다. 그럼 뭘 하느냐고? 그냥 누워서 잔다. 그게 낫다.

● '어제 마셨다 말하지 말라'

술자리는 언제나 설렌다. 공연 후 예정된 뒤풀이를 생각하면 연주 내내 기운이 넘친다. 아무 일정 없이 집에 있는 날에도 저녁에 술 약속이 있으면 기다림으로 충만한 하루를 보낸다. 전날의 무리한 음주로 힘든 날에도 오늘 맞이할 또 다른 술자리를 위해 몸과 마음을 경건히 준비한다. 그렇게 감사하고 귀한 자리를 막 시작할 무렵 누군가 말한다.

"아…… 나 어제 너무 많이 마셨어. 죽을 것 같아."

죽을 거 같으면 그냥 집에 있지. 지고지순한 나의 설렘에 찬물을 끼얹는다. 금세 술맛이 떨어진다.

마음씨 착한 친구가 걱정스레 물어봐준다.

"얼마나 마셨어?"

나는 관심이 없다. 그냥 조용히 술을 따라주며 눈빛으로 말한다.

'여기 어제 안 마신 사람이 누가 있니?'

내가 싫은 일은 남에게도 하지 않는다. 그래서 나는 누가 먼저 묻기 전에는 어제 마셨다고 말하지 않는다. 대신 너무 쓰린 속에 술을 털어 넣을 때는 간혹 이렇게 말한다.

"아이고 이게 또 들어가네, 또 들어가."

● '정치, 종교, 개인사 금지'

역사적으로나 사회적으로 가장 분쟁이 많은 분야는 정치와 종교다. 우리 삶의 보편적 사안이지만 개인의 신념에 따르는 민감한 문제이기도 하다.

술자리에서는 많은 이야기가 오간다. 한잔 술에 긴장을 풀고 마음에 담아 두었던 이야기를 한다. 현재 사회적으로 이슈가 되는 정치나 종교에 관한 이야기가 화제가 되기도 한다. 그럼 나는 말을 줄인다. 내가 전혀 동의할 수 없는 이야기를 해도 굳이 반박하지 않는다. 술자리에서 격해진 감정으로 내뱉은 즉흥적인 말이 상대에게 상처를 줄 수 있기 때문이다. 술자리가 아니라면 얼마든지 토론할 수 있다. 하지만 그곳이 술자리라면 정치와 종교 두 가지 사안만은 맑은 정신으로 다시 대화하고 싶다.

개인사도 조심해야 할 사항이다. 누구나 한 번쯤 겪어 보았을 술자리 대선배의 끝없는 개인사는 반면교사의

깨달음을 준다. '나는 저러지 말아야지.'

여럿이 모인 자리에서 누군가 내 복잡한 개인사에 관해 물어볼 때는 우선 관심에 대한 감사 표시를 하고 "3분만 얘기해도 될까요?" 하고 묻는다. 그럼 모두 잠시 집중하고 나도 간단히 이야기를 마친다. 술자리에서는 3분도 길다.

취중에 나에게 정말 소중하고 진심이었던 일에 대해 질문을 받을 때는 "다음에 내가 안 취했을 때 꼭 다시 말씀드리고 싶다"고 말한다. '내 소중한 기억들 그리고 나와 함께했던 인연들이 내일이면 휘발되어버릴, 술자리의 가벼운 안줏거리가 되는 게 싫어서'라면 내가 너무 유별난 걸까.

● '핸드폰을 들지 말라'

누구나 생각해봤을 내용이지만 지키기가 쉽지 않다. 지키지 못하면 다음 날 이불킥이 따라온다.

술이 좀 들어가면 보고 싶고 생각나는 단골손님이 있다. 학창 시절 친구들과 군대 전우들, 새로 만난 두근두근 썸남썸녀, 그리고 가끔은 그리운 옛 연인까지. 왁자

지껄 술기운에 전화를 걸어 반가운 인사를 하지만 맨정신에 주취자와의 대화는 오래지 않아 짜증이 나기 시작한다. 혀가 꼬여 무슨 말인지 알아듣지 못하겠는데 했던 이야기를 자꾸 또 한다. 내가 취했을 때 상대방도 그럴 것이다.

기록이 남는 문자 메시지는 더하다. 술 한 잔 더 할 시간도 모자란데 언제 그런 한심한 문장들을 썼는지 자괴감이 밀려와 얼굴을 들 수가 없다.

늦은 밤, 와인 한 잔에 한껏 짙어진 감성으로 '잘 지냈니?'라고 묻지만 상대에게는 그냥 갑툭튀 진상일 뿐이다. 안타까운 일이다.

'아무것도 누르지 않으면 아무 일도 일어나지 않는다'라고, 어느 정치인의 말을 패러디해본다.

● '일단 참아라'

술자리가 항상 즐거운 것은 아니다. 간혹 예의가 없는 사람을 만나기도 하고 술을 마실수록 점점 예의가 없어지기도 한다. 긴장이 풀려 편히 이야기하다 보니 본의 아니게 상대의 치부를 건드리기도 하고, 평소에는 웃으며 넘길 일에 격하게 반응하기도 한다. 이성이 남아 있는 중재자가 없으면 큰 싸움으로 번지기도 한다.

이런 술자리를 겪고 나면 다음 날 기분이 아주 찝찝하다. 내상이 며칠 갈 때도 있다. 그럼 술이 싫어진다. 잠시나마지만.

이런 참사를 예방하기 위해 나는 일단 참는다. 일단이다. 술에 취하면 이 대화가 어디서부터 어긋나기 시작했는지 알 수가 없다. 어느 순간 날카롭고 귀에 거슬리는 말이 들려온다. 순간 신경이 곤두서지만 그냥 허허 하고 웃어넘긴다. "아, 네. 그렇군요" 하고 마무리하며 이내 다른 대화로 넘어가기도 한다. 다음날 사과 전화를 하는 사람도 있다. 맞대응했으면 일이 커져 크게 다투고 인연을 끊었을 수도 있다.

이렇게 대응해도 계속 실례가 이어질 때가 있다. 내가 참고 있는 걸 아는지 모르는지. 그럼 "이제 그만하자"고 차분히 이야기한다. 그래도 계속되면 다음에 이야기하자며 자리에서 일어선다. 더이상 있어봐야 좋을 것이 없는 자리다. 그리고 그 사람과는 다시는 술자리를 하지 않는다. 나의 블랙리스트에 등록.

하지만 이런 날은 거의 없다. 나의 술자리는 항상 행복해야 하기 때문이다.

● '일어설 때를 놓치지 말라'

정신줄을 놓고 술을 마시다 보면 시간 가는 줄을 모른다. 지금이 몇 시인지 궁금할 겨를도 없다. 우연히 시계를 보고 깜짝 놀란다.

'언제 시간이 이렇게 됐나. 방금 왔는데. 10분만 더 있다 가자.'

정신을 차려보면 두 시간이 지나 있다.

'에이 그냥 가지 말자.'

술자리에서는 일어서야 할 때가 있다. 개인적인 귀가 시간이나 영업장의 마감 시간 혹은 너무 취해 더이상 마실 수 없을 때나 내가 자리를 피해주는 게 좋을 때 등등.

개인적인 귀가 시간은 각자 알아서 할 일이다. 영업장의 마감 시간은 보통 주인이나 종업원이 통보하지만, 단골집인 경우 손님이 기분 좋게 나갈 때까지 기다려주는 경우가 많다.

공덕동의 족발골목에서 밤늦게 술을 마신 적이 있다.

새벽 두 시쯤, 우리 일행만 남아 술을 한 병 더 시키려고
하는데 이모님이 미안한 표정으로 이제 마감해야겠다고
하신다. 이대로 갈 수 없는 내가 물었다.

"이모, 한 잔만 더 하면 안 돼요? 내일 몇 시에 문 여시
는데요?"

"아이고, 우린 매일 새벽 다섯 시에 나와. 미안해."

3시간 후다. 정신이 번쩍 들어 바로 일어나 나왔다. 그
후로는 단골집이라도 마감 시간 전에 먼저 자리를 정리
하고 일어선다.

내가 빠져야 할 상황에서는 더 정신을 차려야 한다.

후배들이 놀게 먼저 일어나야 할 때, 내가 없어야 편히
이야기할 수 있는 이슈가 있을 때, 잠시 들러 앉은 자리
일 때, 나만 너무 취해 대화가 안 될 때 등등, 이런 상황
에 술 한 잔 더 마시고 싶어 눈치 없이 앉아 있다가는 나
만 모르는 술자리 빌런이 되고 만다. 일어설 기회를 놓
쳤다면 말없이 조용히 떠난 후에 메시지를 남겨도 좋다.

● '계산을 잊지 말라'

술자리의 즐거움에는 비용이 따른다. 최근 식당이나

카페에서는 예전보다 부쩍 늘어난 더치페이 문화를 볼 수 있지만, 술자리에서는 여전히 쏘는 문화가 우세하다.

공적인 술자리에서는 계산하는 주체가 정해져 있지만, 사적인 만남에서는 한 사람이 계산하는 경우가 많다. 가장 나이가 많은 사람이나 신세를 졌던 일에 보답하려는 사람, 혹은 먼저 만나자고 한 사람이나, 그날 기분이 좋은 사람이 계산한다. 항상 계산하는 사람이 생기기도 하고 누가 계산할지 모르는 상황이 생기기도 한다. 값이 너무 많이 나왔을 때는 누군가 주도해 십시일반 돈을 모아 주기도 한다.

술에 취해 정신이 없을 때는 이런 상황을 놓친다. 모두 취해 아무도 신경을 쓰지 않으면 취하지 않은 사람만 계산하고 취한 사람은 누가 계산했는지도 모른다. '오늘도 저분이 내시겠지' 하고 방관하기도 한다. 그럼 다음번 만남이 부담스러워진다.

누군가의 호의와 베풂이 술기운에 잊혀서는 안 되고, 모두의 즐거움이 한 사람의 부담이 되어서도 안 된다.

뮤지션 찬스로 술을 대접받는 일이 많지만 다른 자리에서도 그것이 습관이 될까 조심한다. 그래서 만취의 무아지경 속에서도 나의 뇌 한구석에는 항상 계산의 레이더를 켜 놓으려 한다.

◉ '함부로 인연을 맺지 말라'

법정스님의 말씀이다. 자칫 배타적 인간관계라고 오해할 수 있는 이 말씀을 나는 진정한 인연을 위해 스쳐 가는 만남을 경계하라는 뜻으로 여기고 특히 술자리에서 명심하고 있다.

술자리에서는 종종 새로운 사람들과 만나곤 한다. 행사나 공연의 리셉션처럼 공적인 자리도 있고 지인의 초대 같은 사적인 자리도 있다. 동네 사람을 만나기도 하고 모교 동창이나 선후배를 만나기도 한다. 내 관심 분야의 전문가를 만나기도 하고 간혹 유명인을 만나기도 한다. 명함이나 SNS 주소를 주고받으며 공통의 관심사로 대화를 이어나가다 보면 술기운이 올라 많이 친해진 듯 다음 만남을 약속한다. 좋은 인연이 되어 오랫동안 만남이 이어지기도 하지만 술기운의 약속이 훗날 부담이 되기도 한다. 술을 깨고 나니 쌓인 명함의 주인이 누구인지 도무지 기억이 나지 않을 때도 있고 새로 알게 된 셀럽을 통해 나에게 뭔가 좋은 일이 생기기를 바라기도 한다. 어두운 조명 아래 아름답던 그녀가 훤한 대낮에 다른 사람이 되어 나타나기도 한다.

술자리는 그렇다. 옷깃만 스쳐도 인연이라 하듯 이 세상 모든 것은 서로 연결되어 있기에 술자리에 잠시 만난 사람도 귀히 여기고 진심으로 대한다. 하지만 그 이상의 기대나 바람은 실망과 상처로 돌아온다. 그럼 술이 싫어진다. 술자리는 그저 즐겁고 행복한 한순간이면 족하다.

이상이 내가 지키려 노력하는 10가지 규율이다. 사랑은 어려운 것이기에 끝없이 노력할 뿐이다. 이외에 술 강요하지 않기, 운전대 잡지 말기, 술 먹고 울지 말기, 술자리에서 졸지 말기, 노상 방뇨하지 말기 등등의 초보적인 사항들은 10가지 규율에 포함하지 않았다.

악사의 처방전

증상: 술자리에서 자주 실수를 하고 다음 날 이불킥을 한다.

처방: 술 마시기 전 잠시 눈을 감고 10가지 주(酒)계명을 암송한다. 술

마시고 돌아와 침대에 누워 10가지 주계명을 다시 한번 암송한다. 지키지 못한 계율은 열 번 암송한다.

———————————

음주인을 위한 10가지 주계명

- 배부르지 말라.
- 마신 만큼 뛰어라.
- 힘들 때는 마시지 말라.
- 어제 마셨다 말하지 말라.
- 정치, 종교, 개인사 금지.
- 핸드폰을 들지 말라.
- 일단 참아라.
- 일어설 때를 놓치지 말라.
- 계산을 잊지 말라.
- 함부로 인연을 맺지 말라.

라벨의 볼레로와 끝없이
이어지는 술잔

─────────

I

'오늘은 뭘 들어볼까?'

CD 진열장에서 술 한잔하며 들을 음반을 고른다. A, B, C, D, E, …… 알파벳을 한참 지나 R에서 시선이 멈춘다. 오늘은 모리스 라벨의 곡을 듣고 싶어 CD를 꺼내 든다. 첫 트랙은 〈볼레로〉. 에르네스트 앙제르메가 지휘하는 스위스 로망드 관현악단의 연주다.

1

'오늘은 뭘 마셔볼까?'

음악 들으며 술장을 열어 한잔할 술을 고른다. 가볍게 시작하고 싶어 쿠보타 센쥬를 꺼내 든다. 아사히주조에서 생산하는 알코올 도수 15도, 정미율 55퍼센트의 긴죠 등급 사케다.

Ⅱ

적막 속에서 희미하게 스네어 드럼 소리가 들려온다. 피아니시시모(*ppp*). 극도의 집중력으로 끝없이 반복되는 셋잇단음표를 '매우 매우 여리게' 연주해야 한다. 손에 힘이 들어가면 적막을 깨뜨릴 큰 소리가 난다. 손에 힘이 빠지면 소리가 나지 않는다. 드럼 스틱이 길어 콘트롤이 어려우면 동전 두 개를 쥐고 연주하기도 한다.

2

커다란 병에 담긴 술을 꽃잎이 그려진 작은 잔에 조심스레 따른다. 아슬아슬 찰랑찰랑 한 잔을 가득 채운다. 손에 힘을 놓치면 찰나에 술이 넘친다. 술이 아깝다. 너무 조금 따르면 첨잔을 해야 한다. 그럼 제사상이 된 것 같아 기분이 별로다. 720밀리리터 술병이 무거워 작은 도쿠리에 옮겨 담는다.

Ⅲ

건조했던 리듬 위로 청량한 플루트 선율이 스며든다. 제1주제의 등장이다. 짧은 연주를 마친 플루트가 스네어 드럼과 함께 셋잇단을 연주하면 클라리넷이 바통을 이 어받아 주제부를 반복한다.

3

작은 잔에 가득 채운 맑은 술이 건조했던 입 안에 스며 든다. 향긋한 첫 잔이다. 혀끝의 달콤함이 목 안의 쌉쌀 함으로 옮아갈 즈음 얇게 썬 도다리 한 점을 입에 넣는 다. 부드러운 살이 다디달다. 간장은 아직 필요 없다. 초 장은 테러다.

Ⅳ

서유럽의 이국적인 선율이 들려온다. 바순이 연주하는 제2주제다. 이 독특하고 이국적인 선율은 1주제가 사용 한 메이저 음계도, 그 반대인 마이너 음계도 아닌 도미 넌트 음계를 사용한다. 도미넌트는 '어디론가 해결되어 야 하는 불안정한 상태'라는 음악적 의미를 가진다. 정착할 곳을 찾아 떠도는 집시를 그린 선율일까?

4

도쿠리에 담긴 사케를 따뜻하게 데우니 한겨울 북해도의 이국적인 풍경이 떠오른다. 사케를 마시는 두 번째 방법이다. 조리용 온도계로 중탕하는 사케의 온도를 재며 제일 맛있는 온도를 찾아본 적이 있다. 내가 제일 좋아하는 온도는 45도에서 50도 사이. 향긋한 쌀 내음이 꽃처럼 피어오른다. 날씨가 추울 때는 더 뜨거워도 좋다. 하지만 60도 이상은 금지다. 높은 온도에 불안정해진 알코올 분자가 날아가버리기 때문이다.

V

고음역의 목관악기들이 주제부를 연이어 반복하고 나면 약음기를 낀 트럼펫이 금관악기의 첫 등장을 알린다. 약음기 뒤로 브라스의 강한 본성을 숨긴다. 1주제를 연주하던 트럼펫 주자가 잠깐 삑사리를 낸다. 여리게 연주하기가 어려운가 보다. 군악대 시절 트럼펫 후임이 생각나 웃음이 난다.

5

가벼운 사케 몇 잔을 연이어 마시니 술이 싱겁게 느껴
져 계속 따라 마시기가 귀찮다. 도수를 좀 높여보자. 술
장을 열어 고풍스런 초록색 병에 담긴 성산포 소주를 꺼
낸다. 증류식 소주의 강렬함을 순화한 25도의 제주 소주
다. 톱니가 21개 있는 크라운 캡 뚜껑이라 병따개가 필
요하지만, 가지러 가기가 귀찮아 그냥 숟가락으로 딴다.

'틱……'

삑사리가 나 지렛대로 받쳤던 손가락이 아프다. 웃음
이 난다.

VI

정교하고 격식 있던 지금까지의 연주와는 사뭇 다른
끈적한 음색이 들려온다. 클래식 오케스트라에서는 다
소 낯선 악기인 색소폰의 독주다. 미끄러지듯 다음 음
에 도달하는 테너 색소폰의 벤딩이 제법 멋스럽다. 소프
라노 색소폰은 낙차 큰 비브라토로 한껏 여유를 부린다.
문득 악단의 연주가 좀 빠르게 느껴져 재킷을 보니 러닝
타임 14분 21초. 라벨이 지휘자들에게 그토록 당부했던

17분보다 많이 빠르다. 하지만 어쩌랴, 작곡자의 품을 떠난 곡은 지휘자의 해석에 달려 있는 것을.

6

정갈하고 깔끔했던 쿠보다 센쥬와는 사뭇 다른 증류주의 불맛이 느껴진다. 도수가 올랐으니 뒤따르는 안주에도 힘이 필요하다. 상어 가죽 강판에 와사비 뿌리를 곱게 갈아 도다리 회 위에 얹는다. 간장에 살짝 찍어 한입에 넣으니 알싸한 향이 다음 잔을 바로 부른다. 또 한 잔 캬……!

오늘은 속도가 좀 빠른 것 같다. 누군가 옆에 있었으면 천천히 좀 마시라고 이야기해주겠지만 오늘은 혼자, 내마음이다.

VII

단선율이던 주제부에 화음이 더해진다. 호른의 5도 위를 병진행하는 고음역의 피콜로 선율이 멀리서 불어오는 바람 소리처럼 들린다. 트롬본이 힘찬 뱃고동 소리로 2주제를 리드하면 여린 목관악기가 떼를 지어 화답한다.

악단의 음량은 어느덧 메조 포르테(*mf*)가 되어 있다.

7

도다리 한 접시의 단출한 술상에 성게 알 한 접시를 추가한다. 달곰한 성게 알 한 스푼에 성산포 소주 한 잔을 머금으니 그리운 제주 바다의 파도 소리가 들리는 듯하다. 차귀도 앞바다 통통배 주위로 몰려들던 고등어 떼가 생각나 갓 잡은 고등어 회 한 점을 상상하며 또 한 잔 들이켜니 어느덧 취기가 올라온다.

VIII

관악기들의 향연 속에 긴 시간 숨죽이고 있던 바이올린이 1주제를 연주하기 시작한다. 관악기의 역동적인 연주에 현악기의 우아함이 더해진다. 피치카토로 리듬을 만들던 제2바이올린까지 주제부에 합류하면 드디어 화려한 관현악이 꽃을 피운다.

8

기분 좋은 취기에 술장 속에 고이 모셔 두었던 나의 애장술 추사40을 꺼낸다. 추사 김정희의 고향인 충남 예산의 사과를 증류해 오크통에 숙성한 알코올 도수 40도의 일반 증류주다. 가을의 사과 혹은 가을의 이야기라는 예쁜 뜻도 있다. 뚜껑을 여니 숨죽였던 사과 향이 우아하게 피어오른다. 얼른 한 잔을 따라 마시다 삼키기가 아까워 한참을 머금으니 입 안에 화려한 꽃들의 향연이 펼쳐진다. 프랑스의 사과 증류주 칼바도스에 비할 바가 아니다.

Ⅸ

우아한 현악기의 등장에 질세라 트럼펫과 트롬본이 관악기의 최전선에서 우렁차게 2주제를 받아친다. 살얼음판 위에서 연주하던 스네어 드럼도 이제는 마음껏 자기 소리를 낸다. 고요히 시작되었던 주제부는 조금씩 음량이 커지며 끊임없이 반복된다. 타악기 주자는 지금까지 같은 리듬을 몇 번째 치고 있을까? 문득 궁금하다. 세어 보고 싶다.

9

우아한 사과 향 뒤에 이어지는 강렬한 타격감. 추사에 어울리는 안주는 뭐가 있을까? 배가 불러 지금은 술만 마셔도 좋다. 아니, 술만 마시는 게 더 좋다. 다크 초콜릿 한 조각 정도는 좋겠다. 남은 도다리와 성게 알은 내일 아침 해장 미역국에 넣으면 된다. 15도로 가볍게 시작한 술은 점점 도수가 높아져 이제 40도가 되었다. 꽤나 마셨다. 몇 잔이나 마셨을까? 별로 궁금하지 않다. 세어본 적도 없다.

X

관악기와 현악기 그리고 타악기까지 총동원된 오케스트라의 연주가 절정을 향해 가고 있다. 포르티시모($f\!f$). 바닥부터 차곡차곡 쌓아 올린 거대한 탑이 이제 곧 하늘에 닿을 듯 모두 함께 바라보던 마지막 지점을 향해 혼신의 힘을 다한다.

10

쿠보다 센쥬와 성산포 소주 그리고 추사40까지 마시니

이제 만취를 향해 간다. 추사 한 병을 다 비우고 아쉬워 먹다 남은 사케와 소주를 다시 마신다. 미역국에 넣으려고 냉장고에 넣었던 도다리와 성게 알도 다시 꺼내 먹는다. 예민한 미각은 진즉에 사라졌다. 그냥 있는 대로 먹고 마신다. 만취의 마지막 순간을 향해.

XI

마지막 1주제를 마친 오케스트라가 반복 없이 곧장 2주제로 향한다. 터질 듯한 에너지가 콘서트홀을 가득 채우면 예상하지 못한 2주제의 변주가 뫼비우스 띠의 출구를 알린다. 심벌의 굉음과 함께 마지막 볼레로 리듬의 총주가 끝나면, 견고히 쌓아 올려 하늘에 닿은 바벨탑을 일순간에 허물어버리듯 날카로운 지휘봉이 모든 악기를 한순간에 무너뜨린다.

La Fin.

11

세 병을 다 비웠지만 더 마시고 싶다. 많이 취했지만 더 취하고 싶다. 하지만 배가 불러 많이 마실 수가 없다.

그러면 더 높은 도수가 필요하다. 조금만 마셔도 효과가 오는 술, 비장의 금문 고량주58을 꺼낸다. 대만을 대표하는 58도짜리 백주다. 작은 전용 잔이 있지만 그냥 소주잔에 따라 한 번에 마신다.

목이 뜨끈하더니 곧 배가 뜨거워진다. 역시 효과가 빠르다. 효과가 빠르면 다음 잔도 빨라진다. 몇 잔이나 더 마셨을까? 몽롱한 정신에 갑자기 다른 효과가 나타난다. 속이 울렁거리기 시작하더니 식도가 곧 터질 것처럼 가득 찬다. 예상하지 못한 효과에 급하게 화장실로 달려간다.

"Uek……!"

긴 시간 음미했던 귀한 술과 맛있는 음식을 한순간에 토해낸다.

The End.

악사의 처방전

증상: 반복되는 일상에 무기력해질 때.

처방: 라벨의 볼레로를 들으며 추천 술을 차례로 마신다.

※ Bolero _ 프랑스의 인상주의 작곡가 모리스 라벨의 작품 중 대중에게 가장 널리 알려진 곡으로 라벨의 이국적인 감수성이 가득 담겨 있는 관현악곡이다. 볼레로란 캐스터네츠 반주에 추는 스페인 무곡의 한 형식으로, 라벨은 볼레로라는 명칭을 그대로 자신의 곡명으로 사용했다. 타악기의 반복되는 리듬 위로 두 개의 주제부가 끊임없이 교차한다. 단조로운 반복 속에 차곡차곡 더해지는 악기들이 곡의 에너지를 점점 고조시키고, 첩첩이 쌓인 에너지는 마침내 폭발적인 총주를 이룬다. 단조롭게 반복되는 우리 일상에 하루하루 작은 노력과 정성을 더해 간다면 언젠가는 큰 꿈을 이룰 수 있지 않을까.

 〈Bolero〉 Ravel

※ 쿠보다 센쥬 _ 도수 15%, 산도 1.1, 니혼슈도(일본주도) +5, 정미율 55%. 아사히주조에서 '식사와 함께 하는 사케'를 표방하며 만든 대중적인 사케. 은은한 감칠맛이 음식의 맛을 해치지 않는다. 고급 라인으로 쿠보다 만쥬가 있다.

※ 성산포 소주 _ 도수: 25%, 용량: 360㎖, 원료: 쌀 100%, 가격: 8천 원. 제주 세화리의 술도가 제주바당에서 생산하는 증류식 소주로 가격 대비 매우 훌륭한 증류주다. 양조장에서 직접 운영하는 카페에 방문하면 호탕한 사장님의 술 설명과 함께 메밀이슬, 제주낭만, 키위술 등의 여러 제품을 시음할 수 있다. (카페 술도가 제주바당: 제주시 구좌읍 한동로 27 1층)

※ 추사 40 _ 도수: 40%, 용량: 500㎖, 가격: 6만 원대. 충북 예산 지역 100여 개의 사과 농장에서 엄선된 사과를 공급받아 발효, 증류한 후 오크통에 3년 숙성해 만든 사과 증류주다. 묵직한 바디감에 비해 부드러운 목 넘김을 가진 술이다. 뚜껑을 열고 한 시간쯤 지나면 버터 향이 은은히 올라오면서 맛이 두 배가 되는데, 그때는 이미 술이 바닥이 나 있다. 천천히 마시거나 미리 열어두기를 추천한다.

※ 금문 고량주 58 _ 도수: 58%, 용량: 600㎖, 가격: 7만 원대. 카발란 위스키와 함께 대만을 대표하는 술로 대만 여행 필수 구매 아이템이 되었다. 38%와 58% 두 종류가 많이 팔

리는데, 당연히 58% 제품이 더 훌륭하다. 청향형 백주로 분류되며(백주는 향에 따라 장향, 농향, 청향, 미향 등으로 분류된다), 병입한 지 5년 이상이 지나면 알코올이 안정화되며 맛과 향이 더 좋아진다. 동파육과 페어링 추천.

그렇게 우리는 익어간다

오늘은 대한민국 대표 퍼커션 연주자 K 선배와 바카디를 마시며 쿠바와 쿠바 음악에 관해 이야기하는 자리를 마련했다. 장소는 압구정의 한 스피크이지 바. (Speakeasy bar 불특정다수에게 공개되지 않고 아는 사람만 찾아갈 수 있는 비밀스러운 가게를 통칭하는 말로, 간판이 없고 출입구가 숨겨져 있는 것이 특징이다. 1920~1930년대 미국 금주법 시대에 생긴 무허가 주점이나 주류 밀매점을 일컫는 단어에서 유래했다.)

"심심하던 차에 불러줘서 고맙다."

"와주셔서 감사합니다. 안 바쁘실 거 같아서 연락드렸는데 역시 안 바쁘셔서……."

"코로나 시대에 바쁜 사람이 있나."

"저도 마찬가지죠 뭐. 형님이 럼을 좋아하셔서 오늘 바카디를 준비했는데요. 럼 하면 쿠바 생각이 나잖아요. 형님이 국가대표 퍼커셔니스트이시니까 오늘 럼 한잔하면서 제가 술 설명도 해드리고, 형님께 쿠바 리듬도 좀 배워보려고 합니다."

"너도 알다시피 내가 술을 좋아하지만 많이 마시지는 못하잖아. 나는 술을 음식이라고 생각해서 이렇게 맛있는 음식을 너처럼 잘 마시면 좋을 텐데."

"훈련하시면 됩니다."

해적들의 술로 알려진 럼은 사탕수수로 설탕을 만들고 남은 찌꺼기인 당밀을 발효해 높은 도수로 증류한 술이다. 사탕수수가 많이 재배되는 쿠바를 비롯한 카리브해 연안의 국가에서 주로 생산된다. 세계 판매량 1위의 럼 브랜드가 바카디다.

"럼이 위스키나 다른 술에 비해 좀 싼 술인가?"

"네 뭐 비교적 그럴 수도 있는데요. 이게 종류에 따라서 좀 달라서요. 투명한 럼이 있고 색깔이 있는 럼이 있는데요. 발효액을 증류하면 투명한 술이 나오거든요. 그걸 숙성하지 않고 바로 병입해서 투명한 럼을 화이트럼이라고 하고요. 오크통에 숙성을 1, 2년 정도 하면 나무 색이 배어 나와 색이 진해지는데, 그건 골드럼이라고 해서 가격이 좀 비싸져요. 오늘 가져온 게 골드럼이고요. 숙성을 8년 이상 하면 색이 더 진해져서 다크럼이라고 하고, 그건 위스키만큼 비싸요. 잠깐, 일단 한 잔 마셔보시죠."

튤립 모양의 잔에 술을 따라 건배를 하고 나는 원샷을 한다.

"아, 달콤하네요. 그죠? 안주를 좀 먹어도 되는데 술이 맛있어서 저는 그냥. 근데 빈속이시잖아요. 뜨끈하시죠?"
"원래 빈속에 먹는 술이 짜릿하면서 쾌감이 있지."
"아침에 눈 뜨자마자 먹는 술이 제일 맛있죠."
"그렇게 살지 마."
"……."

"바카디가 그럼 브랜드 이름인 거지? 푸에르토리코라고 쓰여 있네."

"네, 쿠바에서 만든 럼의 브랜드고요. 지금은 푸에르토리코랑 다른 여러 나라에 공장이 있어요. 쿠바엔 없고요. 왜냐하면 쿠바가 사회주의 국가잖아요. 카스트로혁명 이후에 증류소를 국유화했는데 그걸 피해서 해외로 나간 거예요."

"1862년에 처음 만들어진 회사구나."

비어 있는 내 잔에 한 잔 더 따르고 다시 건배한다.

"숙성을 오래 한 위스키는 향도 좋고 맛도 좋아서 니트로 많이 마시거든요. 물이나 얼음을 안타고 원액을 마시는 걸 니트로 마신다고 해요. 근데 사실 바카디 숙성을 안 한 거는 좀 거칠어요. 그래서 칵테일 베이스로 주로 쓰이는데. 투명한 바카디 보셨죠? 그건 니트로 마시기엔 좀 힘들어요."

"그거 마시고 꽐라 되는 사람 많이 봐서. 하얀 바카디는 이미지가 좀. 허허."

"사람들에게 바카디에 대한 공포가 있는데, 그 이유가 바카디151이라고 있어요. 알코올 도수가 151 프루프(proof)라는 건데, 프루프가 뭐냐면 영국에서 쓰던 알코올 도수 단위에요. 프루프를 반으로 나누면 우리가 쓰는 도수가 되거든요. 그러니까 151 프루프이면 75.5도인 거죠. 75.5도짜리 바카디가 있어요. 지금은 생산이 중단돼서 보기가 힘들지만."

"우와. 그걸 어떻게 마셔?"

"그거를 제가 진짜 원샷을 두 번 때려봤거든요."

"하하. 연달아? 왜? 그때 이미 판단력을 상실한 상태였겠지."

"그때 제가 후배랑 둘이 술을 마시는데…… 아, 남자요. 음악 얘기를 심각하게 하다가 좀 멋있어 보여야 하나 생각이 들어서 바카디151을 시켜서 원샷을 했어요. 그땐 제가 어려서 술맛을 모르고 막 마실 때였는데, '아, 역시 독하구나' 하고 한 잔을 더 시켜서 마셨더니 정말 기절했어요."

"그렇게 살지 마."

술이 좀 들어가니 풍악을 울리고 싶어 선배에게 퍼커션을 좀 가르쳐달라고 했다.

선배도 흥이 나서 악기 가방을 꺼내 든다.

"보통 퍼커션 연주자들이 가장 많이 다루는 악기가 라틴 퍼커션이잖아. 라틴 퍼커션 중엔 쿠바의 악기가 많지. 근데 쿠바 음악을 우리가 그냥 쿠반 뮤직이라고 하지 않고 아프로 쿠반(Afro-Cuban)이라고 하는데, 앞에 아프로(Afro)를 붙이는 이유가 있어."

"이유가 뭐예요?"

"음악에 역사적인 배경이 있는 건데, 중남미가 유럽의 식민지였잖아. 그때 식민지가 되면서 원주민들이 많이 죽고, 90퍼센트가 죽었다고 하더라고. 식민지를 지배한 백인들이 일을 시킬 노동력이 없으니까 아프리카에서 노예를 대거 데리고 왔어. 지금의 쿠바 음악을 보면 그때 끌려 온 아프리카인, 남미에 원래 살던 원주민인 인디오 그리고 유럽의 백인, 이 세 문화가 합쳐진 거지. 근데 그중에서도 아프리카의 영향이 매우 커. 쿠바의 악기들도 아프리카에서 온 악기가 많고. 그래서 우리가 쿠바

음악을 얘기할 때 항상 '아프로 쿠반'이라고 불러주는
거야."

선배는 마라카스, 귀로, 클라베스, 봉고 등의 라틴 퍼
커션을 꺼내 연주를 보여준다.

"봉고라는 악기는 이렇게 브릿지를 통해서 작은북과
큰북이 붙어 있거든. 작은 게 마초이고 큰 게 엠브라, 그
러니까 male(남자), female(여자)이야."
"아 그래요? 여자가 더 크네요?"
"왜 그렇겠니? 생각해봐."
"왜요?"
"나도 그거에 대해 생각해봤는데, 여자가 크지. 남자
는 항상 작은 거야. 여자 앞에 서면."
"아…… 그렇죠."

큰 깨달음을 얻은 나는 선배와 함께 여러 퍼커션을 들
고 마르틸로, 볼레로, 차차차, 맘보 등의 라틴 리듬을 연
주한다. 홍겨운 리듬과 함께 술자리가 무르익는다.

"형님 니트로 좀 드셨으니까 제가 칵테일 한 잔 만들어 드릴게요. 쿠바 리브레라는 럼으로 만드는 칵테일인데요. 바카디 병에 레시피가 쓰여 있어요."

"쿠바 리브레라는 칵테일 이름에도 역사가 담긴 거잖아."

"Por Cuba Libre, 즉 '쿠바의 스페인으로부터의 독립을 축하하며' 라고 쓰여 있네요. 그리고 '모든 럼은 안 된다. 바카디로만 만들어야 한다.' 자부심이 있네요. 재료는 바카디, 콜라, 라임. 제가 콜라랑 라임을 준비했습니다."

준비해온 라임을 큰 얼음이 담겨 있는 칵테일 잔에 짜 넣는다.

"손 씻었지?"
"씻고 올까요?"
"그렇게 살지 마."

니트로 마시다 칵테일을 한잔하니 탄산이 몸에 퍼져

급격히 취기가 오른다.

"형님도 술 드시고 연주 많이 하세요?"

"너처럼 많이 하지는 않아도 가끔 그럴 경우가 있지 뭐."

"근데 그럴 때 오히려 더 좋을 때가 있죠?"

"아 많지. 우리가 무대에서 연주해서 먹고사는 사람들이지만 진짜 우리끼리 음악을 즐기고 느낄 때는 그런 술자리에서 기분 좋게 연주할 때잖아. 너는 음주 연주 전문가잖아. 너는 음주 연주 때 아주 좋더라고. 다음에 음주음악회 이런 걸 한 번 기획하면 좋을 거 같아."

"아, 그거 좋겠네요. 그럼 관객들도 같이 취해 있어야 해요. 물론 음악의 정교함과 기교미는 필요한 것이고 중요한 것이지만, 연주회에서 이러고 보는 눈이 있잖아요. 틀리나 안 틀리나 보자. 얼마나 하나 보자. 이런 거는 음악이 주는 즐거움이 아닌 거 같아요."

"큰 걸 놓치는 거지."

"음악이 주는 가장 중요한 가치를, 아름다움과 행복 이런 거를 시험 보듯이 하는 거는 저는 싫어요. 물론 기교에 놀랄 수는 있어요. 하지만 감동이라는 게 또 있잖아요. 감탄과 감동은 다른 것 같아요."

"재즈 뮤지션들이 큰 공연장보다 작은 재즈 클럽에서 제대로 된 연주가 나오잖아. 그중에 중요한 부분이 술이라고 생각해. 클럽에서는 관객들이 술을 마시고 릴렉스한 상태에서 음악을 즐길 수 있잖아. 연주자도 마찬가지고."

"네. 바로 반응해주고 공감해주고."

"거기서 진짜 연주가 나오는 거지."

"그런 순간이 정말 행복한 순간인 거 같아요. 연주하는 사람도 그걸 보는 사람도 서로 행복한 순간이요."

"연주하고 싶어?"

"네 형님. 그 곡 아세요? 추초 발데스랑 베보 발데스 두 부자(父子)가 같이 연주한 앨범 중에 〈Tres Palabras〉라는 곡이 있는데요."

쿠바의 전설적인 피아니스트이자 작곡가인 베보 발데스, 그리고 역시 피아니스트이자 현대 쿠바 음악을 이끄는 그의 아들 추초 발데스. 두 부자는 20여 년의 세월을 떨어져 지내야 했다. 쿠바혁명 이후 아버지는 자유로운 음악 활동과 새로운 사랑을 위해 유럽으로 망명했고 아들은 쿠바에 남아 아버지가 남긴 재즈 악단을 이끌었다.

원망과 자책, 서러움과 그리움이 뒤섞였을 애증의 세월 끝에 재회한 두 사람은 두 대의 피아노 앞에서 서로를 마주보며 굴곡진 지난날을 눈부신 음악으로 승화시켰다.

'영원히 함께'라는 뜻의 《Juntos Para Siempre》 앨범에는 두 부자의 아름다운 대화가 가득한데, 그중 〈Tres Palabras〉라는 곡을 가장 좋아한다.

"Tres Palabras, '세 개의 단어'라는 뜻인데."

"당신을 사랑한다고 말하기 위한 세 개의 단어 아닐까요?"

"크……. 이런 몹쓸 로맨티스트. 건배 한 번 하고 연주해보자."

Cuba Libre!

관객이 한 명도 없는 지하 바에서 선배와 나는 바카디

에 취해 행복한 연주를 하며 서로 교감했다. 술과 음악이 준 자유의 순간이었다.

Viva, Cuba Libre!

악사의 처방전

증상: 하던 일을 그만두고 어디로든 자유롭게 떠나고 싶을 때.

처방: 조용한 스피크이지 바에서 쿠바 리브레 한 잔 마시며 쿠바 음악 듣기.

※ 쿠바 리브레 만들기 _ 잔에 얼음을 채운 다음 바카디 화이트럼 45㎖를 넣는다.(비율은 개인 취향에 따라 달라짐) 남은 잔에 콜라를 채우고 나서(바텐더들은 코카콜라를 강력히 주장한다) 라임 즙을 짜서 넣고 슬라이스를 올린 후(라임주스나 레몬으로 대체 가능) 잘 저어준다.

 〈Tres Palabras〉 Bebo & Chucho

※ 코튼클럽 압구정 _ 압구정 로데오거리의 건물 지하에는 입구를 찾기 힘든 스피크이지 바가 있다. 비밀스러운 문을 열고 들어가면 붉은색 조명의 프라이빗한 공간이 펼쳐지고 커다란 혼(horn)이 있는 하이엔드 스피커에서는 포근한 재즈 선율이 흘러나온다. 50여 종의 위스키와 함께 수준 높은 음식을 즐길 수 있다.(서울 강남구 압구정로 54길 14 지하 1층)

Day 1

현해탄(玄海灘). 그 검은 바다 여울을 건너 시모노세키 항으로 향했다.

일본 시마네현의 두 도시에서 오케스트라와 협연이 예정되어 있다. 부산발 시모노세키행 부관훼리는 대학 시절 배낭여행 이후 두 번째다.

늦은 밤 출항하는 커다란 배에 올라타니 나선형 계단이 있는 로비가 예전 모습 그대로다. 함께 떠나는 USP 오케스트라 단원들은 풍랑예보에 벌써부터 멀미를 걱정한다.

2인실을 함께 쓰게 된 피아니스트 선배와 나는 멀미가 웬 말, 출항 전부터 술상을 준비한다.

"선생님들, 술 드셔야 멀미를 안 합니데이. 한잔하러

나오이소."

"저는 진짜 멀미가 심해서요. 일찍 자려고요."

여 단원 선생님들은 선배의 미덥지 못한 초대를 냉정히 거절한다.

술을 마셔야 뱃멀미를 하지 않는 건 나도 알고 있다. 하지만 적당히 마셔서는 오히려 멀미가 더 심하게 온다. 멀미 기운을 누를 만큼 세게 마셔야 한다.

선내 매점에서 한동안 마시지 못할 한국 소주를 쓸어 담아 와 술상에 펼쳐놓고 선배와 나는 아무도 믿지 않는 멀미 예방 음주를 시작했다.

배가 기우뚱 흔들리고 술잔 속 소주에는 잔물결이 인다. 가득 따른 술이 넘치지 않게 얼른 원샷을 한다. 멀미약이 잘 듣는지 기분이 좋아진다.

소주 한 병을 들고 갑판으로 나오니 검푸른 바다에 하얀 달빛 커튼이 드리운다.

현해탄. 100년 전, 사랑했던 연인 윤심덕과 김우진이 함께 몸을 던진 곳이다. 그날도 오늘처럼 달이 밝았을까? 달빛 아래 연인의 비극이 낭만적으로 느껴진다. 나도 바다로 뛰어들고 싶은 충동이 들었으나 술 취한 선배의 얼굴을 보니 곧 제정신이 돌아온다.

밤은 길고 소주는 많다. 이 술을 다 마시고 쓰러지면 내일 아침에는 이국의 낯선 내음에 눈을 뜨겠지.

Day 2

선실 창문 안으로 아침 햇살이 쏟아진다. 뱃멀미 없이 푹 자고 난, 아니 기절했다 일어난 상쾌한 아침이다. 짐을 챙겨 로비로 나가니 얼굴이 누렇게 뜬 단원 선생님들이 밤새 안부를 묻는다.

"선생님들 괜찮으세요? 저희는 어제 배가 흔들려서 너무 힘들었어요. 다들 멀미하고……."

"내가 술 드셔야 한다고 안 했습니까? 밤새 고생하시고 참."

선배와 나의 멀쩡한 모습을 보고 이제 다들 우리 처방을 믿는 눈치다.

"돌아올 때는 같이들 드십시데이."

시모노세키 항을 출발한 버스는 4시간여를 달려 시마네 현립 대학교에 도착했다.

교내 콘서트홀에서 열리는 이번 한·일 친선 음악회의

프로그램은 아스토르 피아졸라의 〈사계(Four Seasons of Buenos Aires)〉. 비발디의 〈사계〉와 함께 클래식 애호가들에게 가장 사랑받는 모음 곡 중의 하나다.

일본은 여러 분야에서 그렇듯 클래식 분야에서도 많은 마니아층을 확보하고 있다. 공연 문화도 세계 최고의 수준이어서 많은 뮤지션이 연주하고 싶어하는 나라이기도 하다.

연신 '쓰미마센'이라 말하는 친절한 스태프들과 '스고이'를 외치는 젠틀한 관객들 덕분에 무사히 공연을 마치고 궁금했던 일본의 뒤풀이 문화를 경험하러 강당으로 이동했다.

단체 일정이 끝난 후의 대규모 뒤풀이를 선호하지는 않는다. 내 취향의 술과 음식을 선택할 수가 없기 때문이다. 시끄럽고 번잡스러운 것도 그렇다. 물론 내어주신 음식과 술은 감사한 마음으로 먹고 마신다.

수십 명의 오케스트라 단원과 대학 관계자들이 모두 자리하는 이 날의 회식을 그리 기대하지는 않았다. 늘 그렇듯 커다란 맥주 피처와 소시지 안주를 예상했고 술상은 내 예상과 비슷하게 차려져 있었다.

총장님의 '간빠이'와 함께 맥주잔을 들고 한 모금을 마신 순간, 여기는 맥주의 나라 일본이라는 것을 잊고 있었다는 걸 깨달았다. 이것은 한국 치킨집의 싱거운 생맥주가 아니라 비단결 거품이 가득한 아사히 생이었다. 그것도 무제한으로.

'배부르지 말라'는 나의 주계명 1항을 정면으로 위배하는 맥주를, 이것은 본토의 아사히 생이었기에 나는 위가 뚫린 듯이 들이부었다.

이날은 맥주로만 필름이 끊긴 인생의 유일한 날이 되었다.

Day 3

이튿날은 공연 일정이 없어 대학교에서 투어를 준비해 주었다. 그런데 장소가 마음에 들지 않는다. 버스를 타고 이동해 우리가 내린 곳은 히로시마 평화기념공원이었다.

원폭의 참상을 알리고 세계 평화를 염원하는 의미로 세워진 곳이지만, 일제 야욕의 피해자인 우리 국민을 데려와 도리어 자신들이 입은 피해를 보여주려는 것이 영

마음에 들지 않았다. 다음에 한국에 오면 단체로 서대문 형무소에 데려가야겠다는 생각이 들었다. 물론 막걸리는 잔뜩 대접하겠다.

견학을 마치고 내일 공연이 있는 마스다 시로 이동했다. 바닷가에 인접한 이 작은 도시에는 기분이 언짢아지는 표지판들이 종종 눈에 띈다. '다케시마'라고 표기된 우리의 독도를 표기한 안내지도다. 마스다 시가 소속된 시마네현은 독도를 행정 관할로 편입한 지역이다. 일본의 독도 영유권 만행을 실제 눈앞에서 보니 어제 마신 아사히가 다시 올라오는 듯하다.

호텔에 짐을 풀고 쉬고 있는데, 피아니스트 선배가 마을 구경을 하고 돌아온다.

"요 앞에 조그만 재즈 클럽 하나 있데이. 이따가 함 가보자."

일본에는 시골의 정말 작은 마을에도 재즈 클럽과 재즈 페스티벌이 있다. 좁은 재즈 클럽에 젊은 손님부터 나이든 노부부까지 다양한 연령층이 찾아와 공연을 보며 술 한잔하는 모습이 참 부럽게 느껴지곤 했다.

길모퉁이 작은 클럽의 문을 열고 들어가니 중년의 사

장님이 반갑게 맞아주신다. 가게 정면에 한국을 대표하는 재즈 보컬리스트 웅산의 공연 포스터가 큼지막하게 붙어 있어 반가운 마음에 손짓 발짓으로 설명한다.

"두유 라이크 웅산? 위 플레이 위드 웅산 인 코리아. 웅산 밴드!"

"소 데스까? 스고이!"

공연 사진까지 보여주니 사장님은 눈이 휘둥그레져 아사히 생맥주 두 잔을 가져온다.

오늘 맥주 편히 마시고 지역 뮤지션과 잼 세션을 할 수 있겠는지 물어봐 '스고이'라 대답하고 아사히 생을 한 잔 시원하게 들이킨다.

잠시 후 커다란 악기를 멘 콘트라베이스 주자와 색소폰 연주자가 도착한다.

이렇게 작은 마을에 콘트라베이스 주자가 있다니. 우리나라에는 지방의 큰 도시에도 드문 귀한 연주자다.

반갑게 인사를 나눈 뒤 우리는 각본 없는 즉흥연주를 시작했다. 이것이 재즈의 매력이다. 말이 통하지 않아도, 미리 약속하지 않아도 언제 어디서든 음악을 통해 행복하게 교감할 수 있다.

좁은 클럽에 모여 앉은 관객과 사장님 그리고 양국의 뮤지션들은 밤이 깊도록 즐겁고 아름다운 시간을 보냈다. 끝없이 이어져 나오는 아사히 생맥주의 부드러운 거품과 함께.

'그래, 이번 투어의 목표는 아사히 생이었구나.'

Day 4

마스다에서의 첫 아침. 겨울비가 내린다.

저녁에는 마스다 시의 자랑인 이와미 아트 시어터에서 공연이 있다.

회랑이 있는 건물 전체가 붉은 석주 기와로 덮인 아름다운 건축물이다. 붉은 벽돌이 깔린 넓은 안뜰에는 얕은 물웅덩이가 있어 물에 비친 아름다운 건물의 모습이 보인다. 연주 인생 중 내가 본 가장 근사한 공연장이다.

일본에는 작은 도시에도 이렇게 큰 아트센터가 있고 각 지역의 아트센터 건물은 제각기 다른 외관을 가진 훌륭한 예술작품이다. 회색 대리석 일변의 천편일률적인 우리나라의 지역 문예회관과 비교하면 이것도 참 부러운 일이 아닐 수 없다.

인구 4만여 명의 마스다 시의 시민들은 1,500석 규모의 콘서트홀을 가득 채웠고, 연주자와 관객 그리고 훌륭한 공연장이 어우러진 품위 있는 공연을 기분 좋게 마칠 수 있었다.

잠시 후 높은 아치형 천장이 있는 중앙 홀에서 리셉션이 열렸고, 나는 또 아사히 한 잔을 하며 문화 선진국에서의 예술가의 삶을 잠시 동경했다.

Day 5

투어의 마지막 날, 현해탄을 건너 돌아갈 배는 늦은 저녁에 출발한다.

오전에 출발한 버스는 점심시간이 한참 지나 시모노세키에 도착했다. 출항 수속 전까지는 자유시간이다.

선배와 나는 항구 근처의 가라토 수산시장으로 가서 간단히 요기하기로 한다. 시장 골목 한구석의 허름한 가게로 들어가 고구마 소주 한 병과 덮밥을 주문했다. 아사히 맥주가 있지만 오늘도 밤새 멀미약을 마시려면 배가 불러서는 안 된다.

적당한 취기에 가게를 나와 시장 구경을 한다. 수고하

신 오케스트라 악장님께 드릴 우니 한 상자와 멀미약의 안주로 먹을 복어껍질무침을 한 봉지 샀다.

승선해서 곧 술자리를 준비하니 단원 선생님들 몇몇이 같이 자리할 의사를 비친다. 5일 동안 많이 친해져서이 겠지만 나는 이제 우리의 멀미약을 믿느냐고 묻는다.

작은 테이블 주위로 모여 앉은 우리는 흔들리는 술잔을 부딪치며 늦은 밤까지 함께했던 시간을 추억했다.

친선 음악회로 찾아온 이곳은 배로 하룻밤 거리의 가까운 이웃 나라다. 극진히 맞이해준 관계자들과 아름다운 공연장 그리고 완벽했던 연주 환경은 감사와 동경의 대상이었지만, 그 이면에는 용서할 수 없는 우리의 아픈 기억과 지금껏 이어지는 그들의 만행에 대한 미움도 있었다.

오랜만에 마시는 한국 소주에 일본의 쫄깃한 복어 껍질 한 점. 현해탄 달빛 아래에서 느낀 그 복잡 미묘한 맛을 나는 아직도 설명하기 힘들다.

Day 6
이른 아침, 부산항 앞 작은 식당에서 돼지국밥에 소주

한잔하며 일본 연주 일정을 마무리했다. 아사히 맥주는 없었다.

악사의 처방전

증상: 너무 미운 그 사람이 부러워 화가 날 때.

처방: 부산발 시모노세키행 부관훼리 갑판 달빛 아래서 아사히 생맥주와 참이슬로 소맥 말아 마시기.

※ 악사의 소맥 레시피 — 한 모금에 털어 넣을 수 있는 양이 키포인트다. 한 잔 가득 말아 놓고 한참을 나누어 마시면 김이 빠져 맛이 없다. 눈대중과 손맛으로 하지만 정보 전달을 위해 계량한다. 맥주잔(225㎖)에 소주 1/3잔(약 17㎖)을 붓고 맥주 75㎖(1/3잔)를 따른다. 그러면 대략 맥주잔 2/5 지점이 된다. 수저로 거품을 잘 내어 한 입에 털어 넣는다.(거품까지 약 100㎖ 정도의 일반적인 한 모금의 양이다.)

※ Eight Seasons _ 라트비아 출신의 세계적인 바이올리니

스트 기돈 크레머와 그의 악단 크레메라타 발티카의 연주 음반. 비발디의 〈사계〉와 피아졸라의 〈사계〉를 특별한 편곡으로 동시에 수록한 앨범이다. 북반구 이탈리아의 청명한 하늘과 지구 반대편 항구도시 부에노스아이레스의 음습한 공기가 묘하게 교차된다. 곡의 순서는 특이하게도 비발디의 '봄'과 피아졸라의 '여름'으로 시작해 비발디의 '겨울'에 이어지는 피아졸라의 '봄'으로 끝난다. 봄, 여름, 가을, 겨울, 그리고 다시 봄으로 돌아오는 우리 삶의 순환을 이야기하는 듯하다.

※ Invierno Porteno _ 피아졸라의 〈사계〉 중 '겨울'. 부에노스아이레스의 겨울을 묘사한 곡이다. 서정적인 선율과 휘몰아치는 리듬이 교차하며 싸늘한 겨울바람 속 우수에 찬 인간의 고독을 표현한다. 후반부에 흐르는 캐논 변주가 다시 찾아올 봄에 대한 희망처럼 느껴진다.

 〈Invierno Porteno〉 Astor Piazzolla

"와, 연예인 왔다!"

명절에 가족 친지들이 모이면 간혹 이런 소리를 듣는다. TV에서 봤다고.

가물에 콩 나듯 그것도 시청률이 나지 않는 음악 프로그램에나 한 번씩 출연하는 사람이 이런 이야기를 들으니 쑥스럽고 어색하다. 친인척을 TV에서 봤으니 반가운 마음에 하는 악의 없는 말이겠지만, 나는 그 '연예인'이라는 단어가 영 마음에 들지 않는다.

부와 인기를 얻은 화려한 삶에 비해 평생 돈 안 되고 인기도 없는 음악을 하고 있는 내 모습에 대한 자격지심일까? 아니다. 나는 누가 뭐래도 꿋꿋이 내 음악을 하는 뮤지션이다. 방송국 눈치 보는 연예인은 싫다. 차라리 한바탕 놀아 재낄 수 있는 광대가 좋다.

그렇다. 무명 뮤지션의 신세 한탄이다. 가슴 한켠이 아려온다.

대한민국을 대표하는 재즈 보컬리스트 M과의 공연 날이었다.

방송과 함께하는 공연을 마치고 우리는 뒤풀이 장소로 이동했다. 테이블에는 보컬리스트와 나 그리고 여자 후배 뮤지션이 함께 자리했다.

그날은 방송을 위해 출연진 모두 헤어 메이크업을 받았는데, 특히 주인공인 보컬리스트 M은 평소의 단정하고 수수했던 차림과는 다른 품위 있고 아름다운 디바의 모습이었다.

술자리가 한창일 무렵 옆에 앉은 여자 후배가 애정을 담아 보컬리스트에게 말한다.

"언니, 오늘 너무 예쁘세요. 연예인 같아요!"

보컬리스트의 표정이 좋지 않다. 그녀의 성향을 잘 아는 내가 잽싸게 대화를 가로막는다.

"아니, 아티스트한테 연예인이 뭐야."

후배가 무슨 말인지 몰라 어리둥절해한다.

"연예인은 남이 좋아하는 거 하는 거고, 아티스트는 내가 하는 거 너희들이 봐라 하는 거지."

그제야 굳어 있던 보컬리스트의 표정이 풀어진다.

"누나, 저는요 연예인보다 차라리 광대가 좋아요. 광대. 왠지 슬프잖아요. 우리 운명처럼."

내 말에 보컬리스트는 격하게 공감했고 그 후로 즐거운 술자리가 이어졌다.

광대의 슬픈 운명을 그린 영화가 있다. 천 카이거 감독의 1993년 작 〈패왕별희〉, 그리고 이준익 감독의 2005년 작품인 〈왕의 남자〉. 〈패왕별희〉 개봉 당시 나는 영화관에 갈 일 없는 중학생이었기에 12년 뒤 개봉한 〈왕의 남자〉를 먼저 보았다. 광대들의 한바탕 유희로 시작되는 이 영화에는 이제 막 악사의 인생을 시작한 20대 청년의 마음을 뒤흔든 인상적인 대사들이 있었다.

연산군과 장녹수를 풍자하는 마당극을 벌이다가 왕실 모욕 혐의로 처벌을 받는 광대들은 왕을 웃게 하겠다는 목숨을 건 제안을 한다. 생사의 갈림길에 선 광대들은 천신만고 끝에 왕을 박장대소하게 하고, 그 후로 왕의 유희를 담당하며 팔자에 없던 궁중 생활을 하게 된다.

궁궐 입성의 첫날 밤, 산해진미가 가득한 술상을 하사받아 허겁지겁 먹어치우던 광대 하나가 말한다.

"왕이 우리 여기 살라 그랬으니까 우리 천출 면하게 해주는 거 아닐까?"

광대 무리의 우두머리인 장생이 대답한다.

"광대가 천출이면 어떻고 정승이면 뭐 할 거야? 배부르게 먹으면 그만이지."

대학 졸업 후 전공과 하나 관련 없는 음악 바닥에 뛰어들어 헤매던 시절, 그때는 참 배가 고프고 목이 말랐다. 연주를 할 수 있는 곳이면 어디든 좋았고 연주료가 얼마든 가리지 않았다. 미래가 보이지 않는 막막한 시절이었지만 대기업이나 회계사는 내 관심 밖이었고 그저 연주를 더 잘하고 싶은 생각뿐이었다. 손님이 하나도 없는 텅 빈 클럽에서 연주를 마친 날에는 사장님이 주신 얇은 봉투에 오히려 내가 미안해하기도 했다.

영업을 마친 재즈 클럽에서 사모님이 차려주신 따뜻한 밥 한 그릇이 더없이 고마웠던 시절, 광대의 숙명을 받아들인 장생의 대사는 내 몸속의 따뜻한 온기가 되었다.

올해 초에는 한국영상자료원에서 한국 영화 명대사 100선 기획전이 열렸다. 선정된 명대사들을 스티커로 출력해주는 재미있는 서비스가 있었는데, 〈왕의 남자〉에서는 내가 좋아했던 두 대사가 선정되어 있었다.

"징한 놈의 이 세상, 한판 신나게 놀다 가면 그뿐. 광대로 다시 만나 제대로 한번 맞춰보자!"

장생과 공길의 마지막 줄타기 전, 이별 앞에서 영원을 기약하는 장생의 아름답고 비장한 대사다.

그리고 또 한 가지, 듣자마자 이유도 모르게 눈시울이 붉어졌던 대사가 있다. 영화의 초반부 장생과 공길이 맹인 연기를 하며 서로를 부르던 대사다.

"나 여기 있고 너 거기 있지."

슬프도록 아름다웠던 마지막 줄타기 장면이 희미해지며 광대들의 행복했던 순간이 오버랩된다. 넓은 들판에서 한바탕 풍악을 울리던 광대들이 삶과 죽음 너머로 서로의 존재를 확인한다.

"너 거기 있고 나 여기 있지."

그때는 무슨 의미인지도 몰랐던 이 대사에 절로 눈물이 난 걸 보면 나도 분명 광대의 운명을 타고났나 보다.

얼마 전에는 문득 장국영이 그리워 영상자료원에 〈패왕별희〉를 다시 보러 갔다. 이번에는 오리지널 감독판으로 기존의 작품에 15분 분량의 추가된 장면이 있다. 주로 두 주인공의 동성애 코드가 있어 삭제된 장면들인데, 장국영의 깊고 섬세한 감정선을 느낄 수 있는 중요한 장면들이다.

아무도 없는 어두운 극장으로 분장을 한 경극 배우 둘이 들어온다. 극장의 관리인은 왕년의 두 경극 스타를 알아보고 반가워한다. 오랜 세월 무대를 떠나 헤어졌던 두 배우가 경극 〈패왕별희〉를 준비한다. 조명이 켜지고 극이 시작되면 화면은 시간을 거슬러 중국의 근현대사를 관통한 두 배우의 삶을 따라간다.

두 배우의 슬픈 이야기는 잠시 뒤로하고 대부분 눈여

겨보지 않았을 영화 속 술 이야기를 하고 싶다. 두지(장
국영 분)와 시투(장풍의 분) 두 주인공의 파란만장한 인
생의 변곡점에는 중국을 대표하는 두 가지의 술이 등장
한다.

〈패왕별희〉의 항우 역으로 최고의 경극 스타가 된 시
투는 홍등가에서 훗날 배우자가 될 주샨(공리 분)을 만
나는데, 건달패들에게 둘러싸인 주샨을 구하기 위해 사
발에 술을 가득 따라 원샷을 한다. 이때 마신 항아리에
담긴 술이 중국을 대표하는 발효주 황주다.

황주는 고대 중국에서부터 이어져 온 역사 깊은 술로,
주로 쌀, 수수, 밀 등을 발효해 만든다. 곡물이 발효된
누르스름한 색을 띠고 도수는 20도 이하다. 오랜 시간
항아리 숙성을 거치면 깊은 풍미가 난다.

우리나라에서는 중국 술 하면 떠오르는 고량주에 비해
인지도가 현저히 낮은데, 이는 황주를 파는 중국집이 거
의 없기 때문이다. 인천 차이나타운의 중국집에서도 황
주를 파는 곳을 보지 못했다. 간혹 마트에 황주의 한 종
류인 소흥주가 보이는데 저렴한 제품이라 그런지 맛이
그리 좋지 않다.

은은한 황주 한 잔에 송화단 한 점을 먹을 수 있는 곳이 없어 아쉽다.

황주와 함께 중국을 대표하는 또 다른 술은 백주(바이주)다.

수수, 찹쌀, 밀 등의 곡물을 발효해 얻은 술을 증류한 후 숙성한 술로, 투명한 색깔과 높은 도수가 특징이다. 우리나라에서는 흔히 고량주나 빼갈이라고 불리는데, 백주의 여러 종류 중 수수를 주원료로 하는 술을 고량주라 한다. (장예모 감독의 〈붉은 수수밭〉의 원제는 '홍고량(紅高粱)'이다.)

빼갈은 백간(白干, 빠이걸)이라는 중국 술의 한국화 된 발음인데, 이 신조어가 우리나라에서는 중국 술의 대명사가 되었다.

세월이 흘러 중년의 부부가 된 시투와 주샨은 1966년 문화대혁명을 맞이한다. 홍위병의 검문에 대비해 집 안에 있는 구사회의 잔재를 태워버리던 중 오래된 술병 하나와 술잔을 발견한다. 둘은 함께 술병을 비우고 술잔을 깨뜨린다.

이 장면에서 작은 잔으로 둘이 마시던 술이 백주다. 라벨에 그려진 별 모양으로 볼 때 홍성 이과두주가 아닐까 추측해본다.

중국집 카운터의 뒤편 선반에 일렬로 진열되어 있는, 초록색을 띤 작은 병이 이과두주다. 125밀리리터에 도수는 56도. 작은 체구에 매서움을 숨기고 있다. 영화에서 보이는 것은 750밀리리터 댓병으로, 우리나라에서는 흔히 볼 수 없는 사이즈다.

술병을 비운 시투와 주샨은 마지막이 될 듯한 뜨거운 사랑을 나누고, 비 내리는 창문 밖에서는 두지가 애처로이 이 모습을 바라본다.

40여 년에 걸친 두 남자의 굴곡진 삶과 애틋한 사랑이 막을 내리면 화면은 다시 어두운 극장으로 돌아온다.

둘의 극은 절정을 향해 마지막 장면을 남겨두고 있다. 두지는 지그시 시투를 바라본다. 그리고 평생을 연기했던 〈패왕별희〉의 우희가 그랬던 것처럼 시투의 검을 뽑아 스스로 목숨을 끊는다.

이국적인 경극의 음악이 흐르고 항우와 우희의 그림 위로 엔딩 크레디트가 올라간다.

집으로 돌아오는 길, 눈물 가득 슬픈 눈으로 애원하던 장국영의 대사가 머릿속을 맴돈다.

"평생을 같이하기로 했잖아. 일 분 일 초가 모자라도 평생이 아니잖아."

집에 돌아와서도 가시지 않는 헛헛한 마음에 술장을 열어 마시다 남은 이과두주 한 병을 꺼낸다.

'그래. 평생 마시기로 한 술, 하루라도 빠지면 평생이 아니잖아.'

얼마 남지 않았던 술이 금세 바닥이 난다. 외로이 서 있는 빈 술병을 바라보며 나지막이 속삭인다.

'나 여기 있고 너 거기 있지.'

다시 태어나도 나의 운명은 광대다.

약사의 처방전

증상: 벗어날 수 없는 운명의 굴레가 두려워질 때.

처방: 사랑하는 사람과 마주앉아 말해보세요. "나 여기 있고 너 거기 있지."

※ 왕의 남자 _ 감독: 이준익, 장르: 사극·드라마, 개봉: 2005년, 러닝타임: 119분, 출연: 감우성·이준기·정진영·강성연·유해진, 음악: 이병우. 2005년 개봉 후 1,200만 관객을 돌파하며 N차 관람 문화의 시초가 되었다. 이후의 천만 영화들이 1천 개 이상의 개봉관을 확보한 것에 비해 300여 개의 개봉관으로 기록한 관객 스코어는 한국 영화사의 이례적인 기록이 되었다. 2006년 청룡영화제 최우수작품상, 감독상, 시나리오상, 남우주연상, 남우조연상, 신인남자배우상, 촬영상, 인기상을 휩쓸었다. 연극 〈이(爾)〉가 원작이며, 영화 곳곳에 〈패왕별희〉의 오마주가 담겨 있다.

※ 패왕별희 _ 감독: 천카이거, 장르: 드라마, 개봉: 1993년, 러닝타임: 171분, 출연: 장국영·공리·장풍의. 패왕별희는 중국의 고전 《초한지》 중 항우와 우희의 비극적인 이별

을 다룬 경극이다. 릴리안 리의 소설 《사랑이여 안녕》이 원작이다. 제작 당시 중국에서는 동성애와 문화대혁명 장면 등의 이유로 상영이 엄격히 제한되었다. 천카이거 감독은 실제 어린 시절 문화대혁명을 겪었고 홍위병으로 활동하며 가족을 부정해야 했던 아픔이 있다고 한다. 2020년 기존 작품에 화질을 보강하고 삭제된 장면을 추가한 감독판 〈패왕별희 디 오리지널〉이 재개봉되었다.

※ 소흥주 _ 중국 저장성 샤오싱주의 전통 황주로 3천 년의 역사를 자랑한다. 딸이 태어나면 술을 빚어 땅 속에 묻어 두었다가 시집갈 때 손님에게 대접하는 풍습이 있다고 한다. 국내 중식당에서는 찾아보기가 힘들고 일부 대형 마트나 주류 전문 샵에서 구매할 수 있다.

※ 이과두주 _ 기름기가 많은 중국 음식에는 백주 한 잔이 꼭 필요한데 가격이 만만치 않다. 그럴 때 5천 원 내외의 저렴한 가격으로 즐길 수 있는 술이 이과두주다. 도수는 보통 56도 정도로 파인애플 향이 난다. 중국술을 마실 때는 혹시 가짜 술이 아닐까 의심이 드는데, 이과두주는 저렴한 가격

탓에 짝퉁을 만들어도 단가가 맞지 않는다고 해서 안심하고 마신다. 백주의 향에 따른 분류 중 청향형 백주에 속한다.

※ Thousand dreams of you _ 천카이거 감독의 1996년 작품 〈풍월〉에서 다시 한번 장국영과 공리를 만날 수 있다. 쓸쓸한 결말 뒤에 흐르는 장국영의 노래가 눈물겹게 아름답다. 4월의 첫날에는 언제나 그의 슬픈 눈망울이 그립다.

 〈Thousand dreams of you〉 장국영

막걸리 블루스

혈중알코올농도 0.75.

면허정지 100일.

사회 초년 시절 범했던 나의 부끄러운 과오를 고백한
다. 몇 달치 술값의 벌금과 기나긴 안전교육, 민망했던
봉사활동의 대가로 나는 고질적인 음주운전 습관을 버
릴 수 있었다. 대신 음주 후 대리운전이라는 좋은 습관
을 지니게 되었고, 단골 대리운전 업체에서는 VIP 회원
이 된 나에게 명절 선물을 보내기도 한다.

술과 관련된 습관 중 내가 버리지 못하는, 아니 버리지
않는 것이 하나 있는데, 그것은 바로 음주 연주다. 이 행
위는 합법도 불법도 아니기에 공연 전 혈중알코올농도
측정은 없다. 대신 동료 연주자나 주최 측의 눈빛 단속

이 있어 그 책임은 내 연주 결과에 따라 달라진다.

음표 하나도 소홀히 할 수 없는 클래식 공연에서 연주 전 음주는 치명적이다. 즉흥연주와 순간적인 영감이 중요한 재즈나 블루스에서는 술 한잔이 명연주로 이어지기도 한다. "한잔하더니 작두 탔네"라고 기분 좋은 칭찬을 받을 때도 있지만, 나는 분명히 연주가 좋았는데 다음부터 연락이 끊기는 암묵적인 '면허정지' 처분을 당한 적도 있다.

이 아슬아슬한 행위에 대한 경각심을 가지기 위해 지난 이야기를 몇 가지 떠올려본다.

20대 중반, 재즈 드러머로 연주 활동을 막 시작할 무렵이다.

대한민국 재즈 1세대 피아니스트 선생님에게서 전화가 왔다.

"다음 주 토요일 시간 돼?"

"네 선생님, 괜찮습니다."

"3시까지 명동성당으로 와"

"네 선생님, 알겠습니다."

선생님과의 통화는 항상 간결하다. 무슨 공연인지, 무슨 곡을 할지, 함께하는 연주자는 누구인지 알 수가 없다. 하지만 선생님과는 일주일에 한 번씩 선생님께서 운영하시는 재즈 클럽 문글로우에서 연주를 하고 있기에 큰 걱정은 없다.

공연 날이 되어 명동성당에 도착하니 성당 뒷마당에 큰 무대가 설치되어 있다. 새 봄맞이 음악회. 가톨릭 신자이신 선생님께서 다시 성당에 나오라는 뜻으로 나를 부르셨다는 생각이 든다.

악기별 음향 체크를 마치고 곧 리허설이 시작된다. 무슨 곡을 하실까?

"자, 블루 보사(Blue Bossa)."

"네."

대답과 함께 바로 연주가 시작되고, 짧은 주제부가 끝나자 선생님은 연주를 멈추신다.

"자, 다음 곡은 세인트 토마스(St. Thomas)."

재즈 트럼페터 마일스 데이비스는 리허설을 하지 않기로 유명했다. 신선한 즉흥연주를 위해서다. 선생님도 그러시다.

이렇게 몇 곡, 간단한 리허설을 마치니 공연 시작까지는 두 시간쯤 남아 있다.

"자자, 밥 먹으러 가자고."

성당 밖으로 나가시는 선생님을 따라 도착한 곳은 명동 뒷골목의 작은 백반집.

"여기 막걸리 한 병."

술부터 주문하시니 밑반찬과 함께 막걸리 한 병이 나온다.

"자자자, 한 잔씩들 해."

봄바람 불어오는 한낮에 선생님이 따라 주신 탁주 한 사발은 꿀맛이었다.

선생님은 해 질 무렵 공연 시간이 다 되어서야 자리에서 일어나셨고, 테이블에는 막걸리 여덟 병이 있었다. 성당으로 향하는 계단 길 봄꽃 내음에 아득히 취해갔지만, 끝도 없이 술을 따라주시던 선생님의 말 없는 믿음에 보답하기 위해 정신을 가다듬고 무대에 올랐다.

이날 선생님의 연주는 불을 뿜었고, 공연은 관객들의

환호 속에 막을 내렸다. 내가 어떻게 연주했는지는 기억나지 않는다. 무대 위에서 눈에 담았던 흐드러진 벚꽃, 은은한 불빛 아래 자애로운 성모상, 그리고 선생님의 행복한 미소가 그날의 마지막 기억이다. 다행히도 나의 첫 만취 연주는 음주 측정 합격이었던 듯하다.

평창 블루스 페스티벌.

블루스 음악의 불모지인 대한민국에 흔하지 않은 페스티벌이다.

블루스를 사랑하는 네 명의 가난한 뮤지션이 차 한 대를 나누어 타고 평창으로 향한다. 네 명은 모두 소문난 술꾼들이다. 공연 전 대기 시간이 길어질수록 취할 확률은 높아진다. 한참을 달려 평창 종합운동장에 도착하니 다른 팀의 연주가 한창이다.

마지막 팀인 우리 순서가 오기까지는 한참이 남았다. 대기실 천막 안에 기운 빠지게 앉아 있을 수는 없어 내가 말한다.

"요 앞에 시장에서 막걸리나 한잔합시다."

굽이굽이 흐르는 평창강 건너편에 평창올림픽시장이
있다.

정겨운 시장 골목에 들어서니 고소한 기름 냄새에 빗
소리가 진동한다. 솥뚜껑에 부치는 메밀전이다. 냉장고
에서 막걸리 두 병을 꺼내 들고 와 자리를 잡는다.

봉평 메밀 막걸리 그리고 허생원 메밀 꽃술

누런 양은 잔 속 뽀얀 술이 메밀밭에 뜬 보름달 같다.
왼손으로 잔을 들어 한잔하니 보름달은 금세 삭이 되어
버린다.

목마른 술꾼 넷이서 막걸리 두 병은 순식간이다. 큰 병
으로 두 병 더.

오대산 찰옥수수 생막걸리 그리고 평평 雪설 막걸리.

지방에는 종종 이렇게 1700밀리리터 짜리 큰 막걸리들
이 있어 마음이 풍성해진다. 옥수수의 단맛이 기름진 메
밀전과 제법 잘 어울리지만 무자비하게 넣은 아스파탐
이 좀 아쉽다. 무거웠던 두 병을 천천히 비우고 나니 배
도 부르고 취기도 제법 오른다. 이럴 때는 연주에 대한
근거 없는 자신감이 솟아오른다.

"시간 됐으니 이제 가서 한판 놀아봅시다."

시골 축제가 다 그렇듯 무대 앞은 먹거리 장터로 북적인다. 장터에 널린 각종 술안주를 보고 소주 한 잔이 생각나는 찰나에 반가운 소식이 들려온다.

"전 공연이 좀 딜레이가 돼서 잠시 대기 부탁드리겠습니다!"

스태프가 고마운 말을 미안해하며 한다.

우리는 장터 돼지껍데기볶음 집에서 대기하기로 한다. 막걸리는 식전주였던 듯 소주와 함께 본격적인 술판이 시작된다. 무대 위의 공연 팀이 풍악까지 울려주니 왕이 된 기분이다.

"자, 이제 올라가시면 되겠습니다."

스태프의 안내에 우리는 드디어 악기를 챙겨 무대에 올랐다. 연주가 시작되자 모두 제정신이 아닌 듯 무언가와 접선하고 있다. 흑인 노예의 절규와 같은 보컬, 울부짖는 기타, 성스러운 오르간 소리와 나의 천둥 같은 드럼 소리는 이 세상의 음악이 아니었다. 그렇게 열정적인 연주를 마치고 내려온 우리는 곧바로 남은 소주와 껍데

기볶음을 먹으러 장터로 향했다.

"다들 수고 많았어요."

"오, 연주 좋았어. 한잔해!"

"그래 이제 끝났으니까 마음 편히 좀 마셔보자!"

보람찬 마음으로 뒤풀이를 시작한 지 얼마 되지 않아 스태프가 다시 우리를 찾아왔다.

"자, 이제 올라가시면 되겠습니다."

아까랑 똑같은 말을 한다.

"네? 왜요? 방금 공연했잖아요."

"네. 이제 공연하시면 되겠습니다."

"지금 하고 내려왔는데 왜 또 해요?"

뜨거웠던 무대에 뒤늦게 앙코르가 나온 건가? 스태프가 곧 어이없는 표정으로 말한다.

"방금 리허설을 하셨고요, 이제 공연을 하시면 되겠습니다."

"……"

우리는 말 없이 서로를 쳐다보다 다시 악기를 챙겨 무대로 향했다.

그렇게 우리는 만취의 신들린 리허설을 한 후 맥 빠진 본 공연을 마쳤다.

최근에는 음주 연주를 하다가 무대에서 작은 사고가 발생했다.

인천의 한 재즈 클럽에서 나의 밴드와 함께 피아노를 연주하는 날이었다. 낮에 진행한 사흘간의 강연 콘서트를 마감하고 이른 시간 성대한 뒤풀이를 하고 온 터라 나는 이미 만취 상태였다. 혈중알코올농도가 적정선을 넘으면 만사가 귀찮아지는 역효과가 생긴다.

공연 10분 전, 두꺼운 악보 파일 속에서 오늘 연주할 곡을 찾고 있는데 취기에 악보를 찾기가 힘들다. 크게 숨을 한 번 쉬고 침착하게 첫 장부터 다시 찾아보았으나 악보는 보이지 않는다. 만사가 귀찮아진 나는 악보 파일을 덮어버리고 빈손으로 무대에 오른다.

'많이 하던 곡이니 외워서 해보지 뭐.'

첫 곡이 시작되자 만취의 무아지경 속에서 몸이 반응한다. 악보가 없으니 다른 연주자의 소리에 더 귀를 기울인다. 아슬아슬 다음 코드를 짚어가며 첫 곡을 무사히 마치니 자신감이 생긴다. 취기에 졸음이 쏟아지던 눈은 어느새 사냥감을 찾는 매의 눈이 되어 있다.

정신없이 이어진 두 번째, 세 번째 곡을 마치고 다음 순서를 생각한다.

'이번 곡이 뭐였더라? 아, 이번 곡은 내가 전주를 시작해야지.'

곡을 잠시 생각하고 나서 바로 피아노 솔로로 전주를 시작한다. 자신 있게 두 마디쯤 치고 있는데 뭔가 느낌이 이상하다. 건반만 보고 있어 알 수가 없지만 멤버들이 모두 나를 쳐다보고 있는 강한 느낌이 든다.

'뭐가 잘못된 건가?'

예민하게 촉을 세우며 연주를 이어가는 순간, 아차.

'앗, 이 곡 방금 연주했던 곡이지.'

5분 단기 기억상실이었다. 이럴 때는 당황한 모습을 보여서는 안 된다. 관객들은 아직 아무도 모른다.

'그래, 멈추지만 말자.'

만취의 대위기 속에서 태연히, 자연스레 다음 곡으로 연주를 이어 가니 곧 밴드의 합주가 시작된다.

'아, 이제 살았다.'

위기를 벗어나자 그제야 식은땀이 흐른다.

큰 사고로 이어지지는 않았지만 보통 이런 일이 생기면 연주자들로부터 암묵적 '면허정지'를 당하곤 한다. 하지만 이 팀의 리더는 나이기에 이번 사건에 스스로 '면책특권'을 행사할 수 있었다. 이런 일이 반복되어 '탄핵소추'로 이어지는 일이 없도록 경계하고 노력해야 할 것이다.

악사의 처방전

증상: 술 마신 날의 기억이 자꾸 사라진다.

처방: 안타깝게도 손상된 뇌는 회복되지 않는다. 술을 끊을 수 없다면 그냥 막걸리를 한잔하며 블루스를 들어보자. 블루스에는 희망이 있으니까.

막걸리는 농사일을 하는 일꾼들이 힘을 내기 위해 마시던 농주였다. 블루스는 흑인 노예들의 노동요에서 발생했다. 일제강점기의 주세법과 1960년대 양곡정책의 실시로 쌀로 빚던 전통주의 명맥이 끊겼고, 한때 옥수수 전분이나 밀가루에 사카린을 넣어 만든 막걸리가 제조되어 막걸리는 싸구려 머리 아픈 술이라는 오명을 얻었다. 대한민국에서 블루스는 여전히 외면 받는 음악이다. 흑인 노예들의 슬픔 속에 태어난 음악이자 록과 재즈 그리고 현대 모든 대중음악의 뿌리가 되는 음악이지만 아직도 많은 이들은 블루스라는 단어에 돈 많은 사모님과 제비의 끈적끈적한 춤을 떠올린다. 최근에는 주세법의 개정과 전통주 지원 정책으로 다양하고 품질 좋은 막걸리가 많이 생겨나고 있다. "블루스는 인간이 보편적으로 느끼는 정서를 표현한 음악입니다. 내 조상인 흑인 노예뿐 아니라 힘든 시기를 겪는 모든 사람은 그들만의 블루스를 가지고 있습니다. 블루스를 연주하고 노래하며 아주 작은 희망을 꿈꾸는 거죠."(블루스 가수 겸 연주자 빌리 브랜치)

※ 악사의 추천 막걸리와 블루스 곡
ㆍ일엽편주 탁주 & Georgia on my mind _ 안동의 고택에서 전통 누룩으로 빚어내는 고풍스러운 막걸리. 레이 찰스가 부르는 〈Georgia on my mind〉처럼 여기가 막걸리의 고향이라

말하는 듯하다.

 〈Georgia on my mind〉 Ray Charles

· 담은 화이트 & Change the world _ 1932년 설립되어 4대째 명문 도가의 전통을 잇고 있는 '포천일동막걸리'에서 빚은 프리미엄 막걸리. 우유처럼 부드러운 목넘김이 에릭 클랩튼의 핑거링처럼 세련되다.

 〈Change the world〉 Eric Clapton

송명섭 막걸리 & Jumping' At Shadows _ 대한민국 식품명인 제48호 송명섭 명인이 빚는 막걸리. 단맛이 전혀 없어 막걸리계의 평양냉면이라 불린다. 물리지 않아 계속 마시다 보면 어느새 게리 무어의 연주와 함께 구름 위를 걷고 있다.

 〈Jumping At Shadows〉 Gary Moore

· 떠먹는 막걸리 이화주 & Please send me someone to love

_ 술을 빚을 때 물을 적게 넣어 걸쭉하게 만든 막걸리다. 술의 색과 질감이 플레인 요거트 같아 마시는 것이 아니라 숟가락으로 떠서 먹는다. 비비킹의 진한 목소리만큼이나 걸쭉하다.

 〈Please send me someone to love〉 B. B. King

· 복순도가 빨간쌀 막걸리 & Come rain or come shine _ 한국의 샴페인이라 불리는 탄산 막걸리. 개봉할 때 주의하지 않으면 술의 절반을 날려버린다. 알싸한 탄산이 돈 헨리의 허스키 보이스만큼이나 자극적이다.

 〈Come rain or come shine〉 Don Henley

━━━━━━

이른 새벽, 눈을 떠 검도장으로 향한다.

지난밤 취해 쓰러진 내 가련한 영혼을 위해
지난밤 취해 사라진 내 희미한 기억을 위해
지난밤 속세에 물든 내 모든 죄의 사함을 구하며
참회의 죽도를 내려친다.

타락한 무희에서 성녀가 된 타이스처럼
나도 진정한 뮤지션이 될 수 있을까?
나는 언제 인간이 될까?

참회의 명상을 한다.
눈을 감고

온종일.

황혼 녘 눈을 뜨니
술 먹으러 나오라고 연락이 온다.

멀리서 타이스의 명상곡이 들려온다.

쾌락에는 대가가 따른다. 그렇게 믿고 있다. 지난밤의
폭음이 가져다준 즐거움은 다음날의 고통스러운 숙취가
된다. 도파민 과다 분비로 한껏 흥분되었던 몸은 이튿날
우울감에 빠진 무기력한 몸이 된다. 정신줄 놓고 술을
마신 시간과 숙취에 널브러져 있던 시간이 합쳐져 나에
게 어떤 화살이 되어 돌아올지는 알 수가 없다.
　우리 몸이 삼투압을 유지하듯 우리의 인생은 쾌락과
고통의 균형을 맞춘다고 믿고 있기에 노력 없이 얻은 쾌
락에 대해서는 스스로 그 대가를 치르고 싶었다.
　이것이 2년 전 새벽 검도 수련을 시작한 이유다.

　새벽 6시, 요란히 울리는 알람 소리로 나의 고통은 시

작된다.

비가 오나 눈이 오나, 소주를 마셨나 막걸리를 마셨나, 필름이 끊겼나 오바이트를 했느냐는 중요하지 않았다. 머리가 깨지고 속이 뒤집혀도 일어나 도복 끈을 동여맸다.

비틀비틀 어두운 거리로 나서면 지금이 어젯밤인지 오늘 아침인지 헷갈린다.

무사히 도착한 체육관에는 근면한 검우님들이 일찍부터 몸을 풀고 있다. 나는 아무 일 없는 듯 예를 갖춰 인사를 한다.

수련이 시작되면 모두 죽도를 들고 열을 맞춰 기본 동작을 한다.

죽도 상하 후리기. 죽도를 머리 위로 높이 들어 무릎 아래까지 내려친다. 죽도는 수직으로 포물선을 그려야 한다. 조금이라도 기울어져서는 안 된다. 내가 보기에는 수직인데 수직일 리가 없다. 음주운전을 하는 기분이다.

정면 머리치기, 좌우 머리치기, 손목 치기, 허리 치기까지 구분 동작은 견딜 만하다.

뒤이어 빠른 동작 머리치기가 이어지면 숨이 차기 시작한다. 잠시 쉬어칼을 하고 다시 빠른 동작 좌우머리, 빠른 동작 손목치기까지 기본 수련을 마치니 온몸에 땀이 난다. 술 냄새가 나는 식은땀이다.

목이 타 물을 한 잔 마시고 대련 연습을 위해 호구를 갖춰 입는다. 얼굴과 머리를 보호하기 위한 호면에 벤묵은 땀 냄새에 헛구역질이 난다. 헛기침으로 구역질을 가리고는 아무 일 없는 듯 상대 앞에서 죽도를 맞댄다. 상대와 나는 서로의 눈을 응시한다.

내가 취한 걸 알고 있을까? 아닐 것이다. 빈틈을 보여서는 안 된다.

"연격!"

우렁찬 기합 소리와 함께 격렬한 타격이 시작된다. 호구를 입은 몸이 천근만근, 연격 몇 번에 다리 힘이 풀리고 현기증이 난다.

연격 한 바퀴를 도니 어느덧 수련의 절반이 지나고 다음으로 머리치기 반복 훈련을 한다. 잘 견디고 있다. 조금만 더 참자.

수련 상대는 나보다 몇 체급은 위인 운동선수 출신의 유단자다. 묵직한 머리치기의 충격으로 호면 안이 진동한다. 뱃멀미하듯 속이 울렁거린다. 물 한 모금이 간절하지만 호면을 쓰고는 물을 마실 수가 없다. 빨대라도 가져올걸.

검도는 예로 시작해 예로 끝난다. 상대를 존중하는 마음으로 최선을 다해 대련에 임해야 한다. 하지만 반복되는 머리치기의 충격으로 어제 마신 술이 목까지 차올라 더이상 버티기가 힘들다. 호면을 쓰고 오바이트를 하는 대참사는 막아야 한다.

나는 결국 칼을 거두고 상대에게 다가가서 정중히 말한다.

"선생님, 잠시 화장실 좀 다녀오겠습니다."

호면을 벗고 급히 화장실로 뛰어가 뱃속에 남아 나를 괴롭히던 것들을 쏟아낸다. 몸이 한결 가벼워지고 눈앞이 환해진다. 화장실 밖으로 나오니 수련 상대가 걱정스러운 표정으로 기다리고 있다.

"괜찮으세요? 얼굴이 너무 안 좋아 보이셔서요."

"네, 괜찮습니다. 수련 중에 죄송합니다."

나는 이렇게 어제의 쾌락에 대한 대가를 치른다.

"묵상!"

수련을 마치면 모두 자리에 무릎을 꿇고 앉아 묵상한다. 짧은 시간이지만 나는 이 시간이 참 좋다. 지난밤에 대한 참회와 수련을 마친 뿌듯함이 교차한다.

오늘은 좀 더 보람된 하루를 보낼 수 있을까? 어제보다 나은 인간이 될 수 있을까? 타락한 무희에서 성녀로 거듭난 타이스가 떠오른다. 눈을 감고 두 손을 모으면 조용한 체육관 안에 〈타이스의 명상곡〉이 들려오는 듯하다.

〈타이스의 명상곡〉은 프랑스 작곡가 쥘 마스네의 오페라 〈타이스〉에서 연주되는 간주곡이다.

오페라 〈타이스〉는 도시 전체를 환락에 빠뜨린 치명적인 매력의 무희 타이스와 그녀를 구원하려 하지만 그녀를 사랑한 수도사 아타나엘의 번뇌와 참회를 그린 작품이다.

극의 배경은 고대 이집트의 알렉산드리아. 수도사 아타나엘은 방낭한 생활로 도시를 타락시키는 무희 타이스를 신에게 인도하기로 결심한다. 알렉산드리아에 도착해 화려한 모습의 타이스를 만난 아타나엘은 그녀의 아름다움에 마음이 흔들리지만 굳은 신념으로 설교를 시작한다.

아나타엘은 자신의 아름다움이 사라질 것을 두려워하는 타이스에게 영원한 안식과 영혼의 구원을 위해 모든 것을 버리고 나일강의 수녀원으로 떠나자고 제안한다. 세속과 신성 사이에서 고뇌하던 타이스가 잠이 들고 이때 〈타이스의 명상곡〉의 성스러운 선율이 연주된다.

잠에서 깬 타이스는 쾌락에 빠져 살던 과거를 참회하며 아타나엘과 함께 수녀원으로 떠난다.

둘은 테베 사막의 고된 길을 걸어 수도원에 도착하고, 아타나엘은 타이스를 수녀원에 인도한다. 작별의 순간 사랑의 감정을 견디지 못한 아타나엘의 애틋한 아리아와 함께 〈타이스 명상곡〉이 리프라이즈(같은 곡을 편곡을 달리하여 부르는 것)되어 흐른다.

수도원으로 돌아온 아타나엘은 타이스를 잊지 못하는

자신의 욕망에 괴로워한다.

타이스가 식음을 전폐하고 기도만 하며 죽어가고 있다는 소식에 아타나엘은 곧장 수녀원으로 달려간다. 영원한 안식을 준비하는 타이스에게 자신의 설교를 부정하며 사랑을 고백하지만 타이스는 신에 귀의한 성녀가 되어있다.

이 장면에서 명상곡이 다시 한번 리프라이즈되며 성과 속이 교차하는 두 주인공의 극적인 2중창이 시작된다.

아타나엘은 예전의 모습으로 돌아와 달라고 애원하지만, 타이스는 천국의 문으로 맞이하는 천사들을 바라보며 조용히 눈을 감는다. 아타나엘은 절규하며 그녀의 곁에 쓰러진다.

"바로!"

묵상을 마치고 눈을 뜬다. 오늘도 무사히는 아니고, 다행히 수련을 마쳤다.

집에 돌아와 샤워하고 다시 침대에 눕는다. 조용히 눈을 감고 나만의 명상을 다시 시작한다.

성과 속의 갈림길에서 나는 어떤 선택을 할 것인가?

성과 속이 대결하며 서로를 정복했듯이 성과 속의 구분은 무의미한 것인가?

인간의 본성은 무엇인가?

나의 의지는 욕망을 얼마나 자제할 수 있을까?

쾌락은 죄악인가?

고통으로 죄의 사함을 받을 수 있을까?

나는 왜 술을 마시는 것일까?

잡생각을 하다 나는 곧 잠이 든다. 눈을 뜨니 어느덧 해 질 녘이다. 핸드폰에는 술 먹으러 나오라는 문자가 와 있다. 잠시 고민하다 일어나 주섬주섬 옷을 챙겨 입는다.

멀리서 타이스의 명상곡이 들려온다.

약사의 처방전

증상: 속세의 쾌락에 빠진 내가 비루하게 느껴질 때.

처방: 이른 새벽 고된 운동을 하고 난 후 조용히 명상을 한다.

※ 타이스의 명상곡(Meditation de Thaïs) _ 마스네의 오페라 〈타이스〉의 간주곡으로 작곡되었으나 아름다운 선율로 대중에게 널리 알려져 독자적인 클래식 소품으로 자주 연주되는 인기곡이다. 오페라에서는 관현악 편곡으로 연주되는데, 바이올린 솔로, 피아노 솔로 및 첼로, 플루트, 하모니카 등 다양한 악기의 편곡 버전이 있다. 바이올린과 피아노의 편성으로 가장 널리 연주된다.

 〈Meditation from Thais〉 클라라 주미 강

※ 오페라 타이스 _ 제21회 노벨문학상 수상자인 아나톨 프랑스의 동명 소설을 기초로 루이 갈레가 대본을 쓴 3막의 오페라. 1894년 파리 오페라극장에서 초연했으며, 당시 마스네의 연인이었던 미국의 소프라노 가수 시빌 샌더슨이 타이스 역을 맡았다.

 〈Opera Thais〉 토리노 국립극장(2008)

철부지 어린 시절. 사랑의 열병을 앓지만 사랑을 알지 못하듯 거칠 것 없던 청년 시절 나는 술을 사랑했지만 술을 알지 못했다.

어젯밤 들이부은 술이 보리로 만든 건지 포도로 만든 건지, 증류주인지 발효주인지 생각해본 적도 없을뿐더러 그런 분류의 개념조차 없었다. 매일 마시던 소주는 공장에서 알코올로 만들겠거니 생각하다가 남미의 이름 모를 뿌리식물이 원료라는 말을 듣고 나서 황당해하기도 했다.

대학 시절, 점심으로 짬뽕을 먹을 때는 이과두주를 시켜 마시곤 했는데, 소독약처럼 생긴 병 속의 독한 술은 당연히 중국의 무시무시한 알코올 공장에서 만들었으리라 생각했다. 이외에도 이자카야나 태국 음식점 그리고 프렌치 레스토랑이나 아이리시 펍 등등에서 각국의 음식을 먹을 때면 뭔지는 몰라도 그냥 그 나라의 술을 시켜 먹곤 했지만 그 술에 대해서는 별로 생각해본 적이 없었다.

그러던 중 문득 궁금한 게 생겼다.

'외국 음식점 메뉴판에는 여러 가지 술이 있는데 한국 음식 파는 식당에는 왜 다 똑같은 소주에 똑같은 맥주지? 여기는 대한민국인데. 우리나라엔 원래 다른 술이 없는 건가?'

때와 장소를 가리지 않고 술을 마시다 생긴 합리적 의문이었다.

그 후 여기저기 자료를 찾아보다 알게 된 우리 술의 역사는 내가 생각하지도 못한 비극의 역사였다.

예부터 우리나라에는 집안의 각종 행사나 제례에 사용할 술을 가정에서 직접 제조하는 가양주 문화가 자리잡고 있었다. 술을 빚는 일은 장이나 김치를 담그는 것처럼 중요한 일이었고, 그 결과 집집마다 저마다의 개성을 가진 독특하고 다양한 술이 존재할 수 있었다. 조선시대 고문헌에 기록된 술의 종류만 1,400여 가지가 넘고, 전국팔도의 집집마다 이어져 온 술 제조법은 수만 가지 이상이었을 것으로 추정된다고 한다.

이처럼 수많았던 우리의 전통술은 일제강점기를 거치며 처참히 말살되었다.

식민통치를 시작한 조선총독부는 통치자금 마련을 위한 주세법을 시행했고, 가정에서 술 빚는 것을 철저히 금지하며 단속하기 시작했다. 오래지 않아 집집마다 대대로 내려오던 양조 기술과 술 문화는 전멸하다시피 했고, 허가받은 양조장에서 대량 생산되던 희석식 소주가 그 자리를 채우며 지금까지 이어져 오고 있다.

일제의 주세법은 광복 후에도 유지되었고, 1960년대에는 쌀로 술을 빚는 것을 금지한 양곡관리법까지 더해져 유서 깊은 우리 술은 단속 대상인 밀주로 전락하며 사라졌다.

사랑했던 연인의 말하지 못한 아픔을 이제야 알게 된

것 같은 기분이었다.

안타까운 마음에 한동안 술자리에서 취기가 오를 때면 가슴 아픈 우리의 술 역사에 대해 열변하곤 했다. 한 명이라도 우리 술을 바로 알고 우리의 술 문화가 변하길 바라는 마음이었지만 당연히 경청하는 사람은 없었다. 즐거운 술자리에 혼자 웬 심각한 얘기란 말인가. 주계명 제5항 위반이다. 내가 바로 술자리 진상이었음을 쿨하게 인정한다.

할 수 있는 일이 없어 그저 혼자 우리의 전통주에 대해 더 알아보던 중 우리 술을 내가 직접 만들어봐야겠다는 생각이 들었다.

전통주를 배울 곳을 알아보다 찾아간 곳은 한국가양주연구소라는 기관이었다.

예상과는 다르게 매우 젊은 소장님이 운영하시던 그곳은 국비 50퍼센트 지원으로 100시간의 전통주 이론과 실습수업을 받을 수 있는 곳이었다.

첫 수업은 전국 각지에서 찾아온 수강자들의 자기소개로 시작되었다.

양조장을 만들려는 분, 전통주점을 내고 싶은 분, 은퇴 후 취미 생활로 오신 분, 그리고 바텐더 지망생에 요리 연구가까지 각자 다양한 사연이 있었다.

곧 내 차례가 되어 자리에서 일어나 조용히 말했다.

"우리 술이 너무 슬퍼서 왔습니다."

모두 이게 뭔 소린가 하고 나를 쳐다본다. 여기 온 사람들은 내 마음을 이해할 줄 알았는데……. 사랑은 이렇게 외로운 것이다.

3개월에 걸친 100시간의 수업 동안 우리 술의 역사를 비롯해 술의 재료와 술이 되는 과정을 배우며 매주 다른 재료와 제조법으로 여러 가지 전통주를 직접 만들어볼 수 있었다. 빈손으로 갔다가 술을 들고 오는 행복한 일은 덤이었다.

정성껏 재료를 준비해 술을 빚고 술이 익어가는 과정을 보는 것은 너무나 경이롭고 아름다운 시간이었다. 술은 우리의 먹거리 중 가장 정성을 쏟아야 하는 음식이었고 완성되는 데 가장 오랜 시간이 필요한 음식이었다.

3개월 동안 여러 술을 빚으며 여러 사람의 술을 마셔

보니 신기하게도 술에는 만든 사람의 마음과 성격이 담긴다는 걸 느꼈다. 음악에 연주자의 내면이 그대로 드러나는 것처럼 말이다. 살아 있는 술, 살아 있는 음악에서만 느낄 수 있는, 말할 수 없는 어떤 것이었다.

전통주 이수의 마지막 과정은 자기만의 제조법으로 술을 빚어 졸업 작품으로 제출하는 것이었다.

사랑했지만 너무나 몰랐던, 뒤늦게 알고 나서 가슴 아파했던, 가까이서 마주하니 더 애틋해진 내 모든 마음을 담아 나만의 술을 빚었다. 정성 어린 보살핌 속에서 한 달 후 태어난 새 생명에 나는 '설국(雪麴)'이라는 이름을 지어주었고, 지금은 세월이 흘러 식초가 되었을 나의 졸업 작품 '설국'은 아직도 우리 집 술장 안에서 숨을 쉬고 있다. 전통주 이수 과정을 마치고도 한동안 꾸준히 집에서 술을 빚었다.

산업화 시대를 거쳐 온 현대 사회에서 전통의 가양주 문화를 이어갈 수는 없는 일이다. 하지만 우리의 자주적 변화가 아닌, 외세의 강압 때문에 단절된 문화는 복원되고 계승되어야 한다.

나 한 사람이 집에서 술을 빚는다고 가양주 문화가 살아나는 것도 아니고 그럴 필요도 없다. 그저 '아직도 술을 빚을 줄 아는 한 가정이 더 있다' 정도면 된다. 그것이 우리 술을 위해 찾은 나의 할 일이었다.

마트에서 김치를 사 먹은 지가 옛날이지만, 우리는 아직도 시골 할머니의 곰삭은 김치를 그리워한다. 누군가 내가 빚은 술을 한 잔 마시고 먼 훗날 '그 술 참 맛있었는데'라고 기억해준다면 그것이 내 사랑의 결실이다.

그래서 나는 술을 빚는다.

___

약사의 처방전

증상: 사라져 가는 것들이 안타까울 때.

처방: 차분한 마음으로 술을 빚으며 소중했던 것들을 떠올려본다.

___

※ 전통주 만들기 _ 맑은 물로 정성껏 씻은 찹쌀을 반나절 불린 후 물기를 뺀 쌀을 곱게 쪄내 식힌다. 식은 고두밥에 누룩을 섞어 죽이 될 때까지 치댄 다음 잘 섞인 반죽을 항아리에 담아 서늘한 곳에 놓는다. 2, 3일 쯤 지나 항아리에 귀를

대면 비 오는 소리가 들린다.(효모가 탄수화물을 먹고 알코올과 이산화탄소를 배출하는 소리다.) 먹이를 달라고 재잘대는 효모에게 고두밥을 더 넣어준 다음 발효가 끝나 조용해진 항아리에 밥알이 동동 뜨면 맑은 술을 거르고(청주, 동동주) 가라앉은 탁한 술은 면보에 막 거른다.(막걸리) 거른 술을 냉장고에서 넣어 숙성시키면 술이 더 부드러워지고 풍성한 향이 생긴다.

 전통주 만들기 영상

그녀와 그녀의 미더덕찜 ▬▬▬▬▬▬

그녀는 차분하다. 그녀는 쾌활하다.

그녀는 시크하다. 그녀는 도발적이다.

그녀는 혼자 산다. 그녀는 어머니와 산다.

그녀는 연애 중이다. 그녀는 솔로다.

그녀는 샴페인을 좋아한다. 그녀는 기네스를 좋아한다.

그녀는 음악을 좋아한다. 그녀는 음악을 사랑한다.

그녀는 능력이 있다. 그녀는 재능이 있다.

그녀는 열심히 일한다. 그녀는 일하기 싫어한다.

그녀는 현실적이다. 그녀는 이상적이다.

그녀는 고양이 같다. 그녀는 강아지 같다.

그녀가 나를 초대한다. 그녀도 나를 초대한다.

그녀는 뭘 좋아하냐고 묻는다. 그녀는 뭘 먹고 싶냐고

묻는다.

나는 그녀와 그녀의 미더덕찜이 무척 궁금하다.
나는 미더덕을 아주 좋아하기 때문에. 그뿐이다.

그녀의 미더덕찜은 노란 빛깔이다. 그녀의 미더덕찜은
붉은 빛깔이다.
그녀의 미더덕찜은 담백하다. 그녀의 미더덕찜은 자극
적이다.
그녀는 와인을 따라 준다. 그녀는 소주를 따라 준다.

나는 그녀와 그녀의 미더덕찜이 제법 마음에 든다.
나는 미더덕을 너무 좋아하기 때문에. 그뿐이다.

그녀의 소식을 들을 수 없다. 그녀의 소식을 가끔 듣는
다.
봄바람이 불면 그녀와 그녀의 미더덕찜이 생각난다.
나는 미더덕을 정말 좋아하기 때문에. 그뿐이다.

봄바람이 불면 미더덕 향이 그리워진다.

미더덕 속살의 향긋한 바다 내음을 맡으려면 우물쭈물할 시간이 없다. 벚꽃이 지고 나면 수온이 올라 살이 물러지기 시작한다. 짧은 봄 한철에만 먹을 수 있는 귀한 음식이다. 물론 냉동은 사시사철이다.

언제부터인가 봄이 되면 창원에 공연이 잡히기를 바랐다. 미더덕의 고향, 마산의 진동에 가서 미더덕회를 실컷 먹고 싶어서다.(마산과 진해는 2010년 7월에 창원시로 통합되었다.)

나의 바람이 간절했는지 몇 해 전부터는 마산의 작은 공연장에서 봄마다 공연 초청을 해주신다. 뒤풀이 음식은 당연히 미더덕회다. 이 고마운 분들께 나는 좋은 연주와 맛있는 술로 보답한다.

머나먼 남쪽 마산에서도 가장 끝자락에 있는 진동항에는 미더덕 양식장이 있다. 따스한 봄날 진동 미더덕 마을은 갓 수확한 미더덕 껍질을 까는 손길로 분주하다.

겨우내 차가운 바다 속에서 자라고 나온 작고 귀여운

녀석들은 수류탄처럼 두꺼운 겉옷을 입고 있다. 여린 속살이 다치지 않게 조심스럽게 겉옷을 벗겨내면 얇은 속옷을 입은 통통한 몸매가 드러난다. 아구찜이나 해물탕에 들어 있는 미더덕의 모습이다.

하지만 나는 얇은 속옷까지 벗겨낸 향긋하고 노란 속살을 좋아한다. 미더덕회다. 멍게의 세 배쯤 되는 이 강렬한 향이 봄이 오면 나를 마산으로 부른다.

미더덕회를 처음 먹어본 것은 마산의 한 통술집에서였다. 통술집은 술 한 병을 시킬 때마다 안주 한 상이 나오는, 통영의 다찌집이나 전주의 막걸리집 같은, 마산 오동동 인근에 밀집한 술집이다. 술을 추가할 때마다 새로운 안주가 나오는 설렘 가득한 술 문화였는데 요즘은 거의 다 금액별 한상차림으로 바뀐 듯하다. 자본주의 논리에 독특한 지역 술 문화가 사라지는 것이 씁쓸하다.

한 상 가득한 산해진미의 안주들 가운데 그날 처음 맛본 미더덕회를 제일 맛있게 먹고는 이모님께 남은 것 있으면 조금만 싸 달라고 부탁했다. 이모님은 서울 촌놈의 입맛이 기특했는지 미더덕회 한 움큼을 싸 주신다. 이렇게 숙소에서 열릴 2차 술판의 안주가 생겼다. 근처 편의점에서 미더덕과 잘 어울릴 샤도네이 품종의 화이트와인 한 병을 샀다.

 숙소로 가는 길, 마산 어시장 앞 바다에 쌍둥이 등대가 보인다. 이란성 쌍둥이. 왼쪽 등대는 흰색, 오른쪽 등대는 빨간색이다. 화이트와인과 어울리는 흰색 등대로 걸어간다. 방파제 위를 걸어 가까이 가서 보니 등대 계단 위에 작은 공간이 있다. 마산 앞바다가 훤히 보인다. 시원한 바닷바람을 주체할 수 없다.
 '그래, 오늘 2차는 여기다.'
 알싸한 샤도네이 향이 쌉싸래한 미더덕을 요염하게 감싸 안는다. 둘은 원래 하나였던 것처럼. 입 안에 남아 있는 미더덕 향이 바다 내음보다 더 바다 같다. 자신이 있던 곳을 말해주는 것처럼.

 깊은 밤. 바다 향에 취해 정신을 잃어가던 중 문득 마산 뒷골목의 불량 청소년들이 담배를 피우러 몰려오지 않을까 하는 생각에 서둘러 정리하고 숙소로 돌아간다.

눈빛으로 제압할 수 있지만, 코끝에 남아 있는 바다 향
에 담배 연기를 섞기는 싫다.

나는 미더덕을 정말 좋아하기 때문에. 그뿐이다.

악사의 처방전

증상: 봄바람에 두근대는 가슴이 진정되지 않을 때.

처방: 마산 어시장 앞 쌍둥이 등대에서 미더덕회에 화이트와인 한 잔(경
남 창원시 마산합포구 수산1길 240 근방)

※ G. Khan Marfarm Vineyard Chardonnay 2022 _ 생산지
미국 캘리포니아 산타 리타 힐스, 품종 샤르도네. 한국인 로
이 킴(가수 아님)이 소유한 와이너리에서 부르고뉴 와인 메
이킹 방식으로 소량 생산하는 프로젝트 와인이다. 첫 모금의
날카로운 산미와 함께 시트러스 향과 견과류의 풍미를 느낄
수 있다. 해산물과 페어링이 좋다.

※ 진동고현횟집 _ 진동항은 국내 미더덕 생산량의 70% 가

량을 담당하는 곳으로 매년 봄 미더덕축제가 열린다. 마을의 가장 끝자락에 자리한 식당으로 미더덕회, 미더덕덮밥, 미더덕전을 비롯해 각종 제철 회를 맛볼 수 있다.(경남 창원시 마산합포구 진동면 미더덕로 331)

※ 오동동 통술거리 _ 얼음을 채운 큼직한 빠께스에 술병이 담겨 나온다 해서 통술집이라고도 하고, 안주 주문 없이 한 상 통으로 나온다고 해서 통술집이라고 부른다. 골목 입구의 술병이 가득 담긴 빠께스 모형이 길 안내를 해준다. 마산 어시장의 신선한 해산물을 담은 안주를 한 상 가득 차려낸다.(경남 창원시 마산합포구 오동동)

그리움에 취하고

비 오는 날 오후 3시엔
라가불린을 마신다

〈비 오는 날의 오후 3시〉라는 운치 있는 제목의 영화
가 있다. 원로배우 김지미, 최무룡 주연의 1959년 작품
으로 오드리 헵번을 닮은 젊은 시절의 김지미 배우를 볼
수 있다.(최무룡은 배우 최민수의 부친이다.)

영화의 제목처럼 극 중에는 비 내리는 장면이 많다. 오
래된 영화인 탓에 필름 상태가 좋지 않은 데다가 빗소리
까지 더해져 귀를 기울이지 않으면 대사를 알아듣기가
힘들다. 비가 오지 않는 장면이나 실내 신에서도 계속
빗소리가 들리는데, 그건 오래된 필름의 잡음이다. 이
영화는 시작부터 끝까지 빗소리와 함께해야 한다.

봄비가 톡톡 창문을 두드리는 날, 감자전에 막걸리 한
잔하며 보면 좋을 영화다. 빗소리와 함께 1950년대 서울

의 풍경을 흥미롭게 보다 보면 영화는 꽤 극적인 전개를 펼친다.

　한국전쟁이 막바지로 향하던 1953년의 서울.
　종군기자로 서울에 파견된 재미교포 헨리 장은 장대비가 쏟아지는 파고다공원의 벤치에 앉아 비에 젖어 울고 있는 여인 수미를 발견한다. 동정 섞인 사랑을 느낀 헨리는 수미에게 호의를 베풀지만 야속하게 거리를 두는 그녀의 슬픈 사연을 알 수가 없다. 계속되는 헨리의 구애에 수미도 조금씩 마음을 열어 두 사람은 연인이 되고 곧 결혼식을 올린다. 설렘 가득히 신혼여행을 준비하던 중, 수미는 전사한 줄 알았던 전 약혼자가 살아 돌아왔다는 소식을 듣고 깊은 고뇌에 빠진다. 얼마 후 운명의 장난처럼 세 사람은 한 자리에서 마주하는데……．

　고전 멜로의 전형적인 형식을 보여주는 이 오래된 영화가 아직도 매력적으로 느껴지는 것은 영화 속에 흐르는 세련된 음악 때문이다.
　이 영화를 찾아본 것은 원로가수 손시향이 부른 동명

의 타이틀 곡 〈비 오는 날의 오후 3시〉를 듣고 나서다.
몽환적인 스윙 리듬 위에 유유히 올라탄 중저음의 보컬,
지금 들어도 세련된 멜로디와 화성은 재즈의 고전들과
비교해도 모자람이 없다.

극 중에는 여느 음악 영화 못지않은 근사한 연주 장면
들이 연이어 나오는데, 두 주인공이 만나는 댄스홀의 악
단은 맘보, 집시, 스윙 음악에 비밥 재즈까지 다양한 곡
을 연주한다.

영화가 끝날 무렵 두 연인은 비 내리던 오후의 첫 만남
을 회상하고, 무대 위의 여가수는 야속한 운명을 노래한
다. 이 영화의 가장 멋진 신이다.

이 고혹적인 목소리의 여가수는 80대의 나이에도 현
역으로 활동 중인 원로가수 박재란이다. 그녀가 무대에
서 부른 영화의 또 다른 타이틀 곡 〈두 갈래길〉 역시 보
통 세련된 곡이 아니어서, 이 장면에서는 비련의 주인공
과 함께 위스키 한 잔 하지 않을 수가 없다. 여가수 옆에
서 멋들어진 솔로를 하는 아코디언 주자는 얼굴의 윤곽
과 연주 실력으로 보아 젊은 시절의 심성락 선생님이 아
닐까 추측해본다.

제목부터 술이 당기는 이 영화는 역시나 배우들의 음주 장면이 인상적이다.

커피를 마시던 헨리 장 앞에서 우리의 여주인공 수미는 당당히 위스키를 주문한다. 뭐 그럴 수도 있지만 때는 1953년이다.

슬픔에 빠진 수미가 오늘은 취하고 싶다며 연신 위스키 샷을 주문해 마시는 장면이 있는데, 병이 보이지 않아 당시에는 어떤 위스키를 마셨을지 무척 궁금해진다. 위스키 수입이 안 되던 시절이었으니 주정에 색소와 향을 입혀 팔던 유사 위스키가 아니었을까. 종군기자인 헨리 장과 미군 전용 바에 간 거라면 버번위스키 중 하나였을지도 모르겠다.

비 오는 날 오후에 위스키를 한잔한다면 나는 피트 위스키를 선택하겠다.

비에 젖은 흙내음이 아스라이 올라올 때면 마른 장작을 태운 듯 스모키 한 피트 위스키를 한 모금 마신다. 그럼 곧 몸이 따뜻해지면서 깊은 숲속 야영장의 모닥불 앞에 앉아 있는 기분이 든다.

피트 위스키란 위스키 제조 공정 중 몰트를 건조할 때 피트(이탄)를 태워 향을 입힌 위스키로 주로 스코틀랜드의 아일라섬에서 만들어진다. 특유의 향으로 호불호가 강해 위스키계의 홍어라고도 불리는데, 처음 마실 때는 기겁했다가도 시간이 지나면 그 향을 잊지 못해 다시 찾게 되는 치명적인 매력의 위스키다. 가격이 비싸 중독이 되면 실제로 치명적일 수 있다.

우리에게 생소한 피트(peat)는 식물이 퇴적되어 만들어진 일종의 석탄인데, 스코틀랜드에는 피트가 많아 오래 전부터 연료로 사용해왔다. 특히 아일라섬의 피트는 페놀 함량이 높아 이 지역의 증류소에서는 라프로익, 라가불린, 아드벡과 같은 강한 향의 위스키를 생산한다.

나의 피트 위스키 3픽인 라프로익10, 라가불린16, 아드벡 코리브레칸의 향은 비슷한 듯하면서도 미묘한 차이가 있다. 라프로익에서는 수술실의 소독약 냄새가 나고, 라가불린에서는 젖은 나무 밑동에서 나는 축축한 흙내음이 난다. 가장 향이 강한 아드벡에서는 옷장 구석에서 꺼낸 오래된 가죽 혁대 냄새가 난다.

혹자는 이게 사람이 먹는 것에서 나는 향이냐고 말할

수도 있겠지만, 우리가 즐겨 먹는 홍어에서는 암모니아 냄새가 난다.

이 세 가지 매력적인 향은 나의 특별한 순간에 함께하는데, 신선한 굴을 먹을 때는 라프로익과 함께, 자연 속에 있을 때는 라가불린을, 그리고 나를 학대하고 싶은 날에는 아드벡을 마신다. 굴은 겨울에나 먹을 수 있고, 매일 같이 나를 학대할 수는 없으니 나는 자연과 함께하는 라가불린을 가장 애정한다.

지난여름, 담양의 대나무 숲에는 구슬비가 내렸다.

빗물이 떨어지는 한옥 처마 밑에 앉아 라가불린을 한 입 머금는다.

대숲에서 불어온 향긋한 바람이 코끝으로 스며든다.

댓잎이 부딪히는 시원한 소리가 귓가에 스친다.

비 오는 날 오후 3시엔 라가불린을 마신다.

※ 비 오는 날의 오후 3시 _ 감독: 박종호, 출연: 김지미·
최무룡·이민·남궁원·황정순, 음악: 손석우, 특별출연:
손시향·박재란. 국내외 영화 필름 및 시나리오를 복원, 수
집하고 있는 한국영상자료원의 유튜브 채널에서 200여 편에
달하는 한국 고전영화를 무료로 감상할 수 있다.

〈비 오는 날의 오후 3시〉 손시향
_____

〈두 갈래길〉 박재란
_____

※ 라가불린 16 _ 용량: 700㎖, 도수: 43%, 생산: 스코틀랜
드 아일라. 게일어로 '방앗간의 움푹 들어간 곳'이라는 뜻의
라가불린은 아일라섬 남동쪽의 라가불린만(灣)에서 생산된
다. '아일라의 왕자'로 불릴 만큼 인기가 높은 피트 위스키

다. 할리우드 최고의 술꾼으로 알려진 조니 뎁이 사랑한 위스키로도 알려져 있다.

※ 라프로익 쿼터 캐스크 _ 용량: 700㎖, 도수: 48%, 생산: 스코틀랜드 아일라. 특유의 병원 냄새 혹은 소독약 냄새로 호불호가 극명하게 갈려 증류소에서도 'Love or Hate' 라는 카피 문구를 내걸 정도다. 미국의 금주법 시대에 세관 직원이 향을 맡고는 의약품으로 반입 허가를 내주었다는 일화도 있다. 라프로익의 여러 라인업 중 쿼터캐스크는 피트 위스키들 중 '비교적' 가성비가 좋아 데일리로 마시기에도 좋다.

※ 아드벡 코리브레칸 _ 용량: 700㎖, 도수: 57.1%, 생산: 스코틀랜드 아일라. 다른 피트 위스키들보다 페놀 함량이 높아 '피트 몬스터' 라는 별명을 가지고 있다. 전 세계에 걸쳐 수많은 마니아층을 형성한 컬트적이고 독특한 위스키다. 아드벡 10, 언 오, 우거다일, 코리브레칸 등 다양한 라인을 출시하고 있다. 위스키의 최종 종착지라 불리는 만큼 아드벡을 마시고 난 후에는 다른 술이 싱거워 마실 수가 없다.

1989년. 순수 국산 애니메이션 〈2020년 우주의 원더 키디〉가 방영되었다.

31년 후의 지구는 자원 고갈과 환경오염으로 우주 개발에 나서고, 탐사 중 마주친 우주의 기계문명이 지구인들을 위협한다는 내용이다. 위기에 빠진 지구와 우주를 누비는 소년의 모습은 국민학교 학생이던 나에게 미래사회에 대한 호기심과 두려움을 동시에 안겨주었다.

머나먼 미래의 대명사였던 2020년. 시간은 무심히 흘러 까마득히 느껴졌던 그해는 상상하지 못한 대재앙과 함께 우리를 찾아왔다.

모든 것이 멈췄다.

어린 시절 상상했던 외계 로봇 대신 지독한 역병이 찾

아온 것이다.

전화를 받기가 무서웠다.

'다음 주 공연이 취소됐습니다.'

다음 주, 그다음 주, 다음 달까지. 끝을 알 수 없는 취소의 연속이었다.

조류독감이나 구제역 발생 혹은 국가 애도 기간에 종종 있는 일이었지만 이번에는 달랐다. 연주자든 관객이든 사람이 모일 수 없으니 모조리 취소였다.

공연장은 언감생심, 모두가 'Stay Home'을 외칠 무렵 비대면 공연이라는 초유의 대안이 생겼다. 관객이 없는 무대에서 연주하는 것은 벽에다 이야기하는 것만큼 맥빠지는 일이었으나 막막해진 생계 앞에서는 그것도 감사한 일이었다.

공연예술가들에게는 대재앙이 시작되었고, 무대를 잃은 허탈감은 시간이 지나며 분노로 변해갔다. 타의적 휴식은 형벌로 다가왔고, 가랑비에 옷이 젖듯 나는 어느새 우울증 중증을 진단받은 정신병 환자가 되어 있었다.

아무것도 할 자신이 없었다. 평생 사랑했던 음악도 더 이상 내 편이 아니었다.

이제 난 뭘 할 수 있을까? 음악 외에 다른 일을 찾아야 했다. 다른 일을 하는 것이 두려운 게 아니라 다시 돌아오지 못할 것 같아 두려웠다. 가족, 친지, 친구, 동료 뮤지션들까지 나를 믿고 따라주던 사람들에게 보이는 내 모습이 너무나 부끄럽고 미안했다.

오랜 시간 함께해온 나의 팀 마드모아젤S의 클럽 연주를 끝으로 나는 모든 것을 정리하고 떠나기로 했다. 어디로 떠날지, 앞으로 뭘 할지는 정하지 않았다. 아니 정할 수 없었다. 어디든 도착해서 다 내려놓고, 마음이 정리되면 돌아와 새 인생을 시작해볼 생각이었다.

공연을 마친 이튿날 아침, 알 수 없는 미래로 떠나는 내 발걸음은 무겁기만 했다.

처음 와본 정읍 시외버스터미널의 풍경이 전혀 낯설지가 않다. 이곳저곳 주변을 살펴보니 슬픈 영화가 떠오른다. 일자리를 찾아 지방 오지까지 내려간 밴드의 이야기를 그린 영화 〈와이키키 브라더스〉. 이 작품은 왜 이렇게 나를 따라다니는 걸까? 내 처지가 더 초라하게 느껴진다.

불량식품처럼 생긴 롤케이크를 하나 사 들고 부안의 천년 고찰 내소사로 가는 버스에 올라탔다.

내소사(來蘇寺). 모든 것이 소생한다는 의미다. 이 가혹한 괴로움에서 벗어나 다시 태어날 수 있을까? 이 고통에서 벗어날 수 있다면 출가라도 하고 싶었다.

버스에서 내려 푸르른 전나무 숲길을 따라가니 웅장하게 가지를 뻗은 천년 고목이 인자하게 맞이해준다. 할머니 품에 안겨 어린아이처럼 울고 싶어 코끝이 찡해진다.

배정받은 방에 들어와 법복으로 갈아입고 잠시 누워 눈을 붙이니 곧 숨이 차기 시작한다. 얼마 전부터 생긴 증세다. 숨을 가라앉히려면 힘들어도 몸을 움직여야만 한다.

내변산 관음봉에 올라 산등성이 너머 서해 바다를 보니 이제 좀 숨이 깊게 쉬어진다. 가파른 암벽 길에서는 '한 발만 디디면 모든 게 끝날 텐데' 라는 생각이 들지만, 곧 사랑하는 가족이 떠오른다.

저녁 공양을 마치고는 주지 스님과의 차담이 예정되어 있다. 주지 스님은 이 깊은 수렁에서 나를 꺼내주실 수 있을까? 지푸라기라도 잡고 싶은 심정이다.

곧 스님이 들어오셔서 차를 따라주신다. 두 손으로 공손히 잔을 받아 스님 잔과 건배하려다 아차 하고 손을 거둔다. 스님도 당황해하신다. 술이 아닌데, 습관이 무섭다.

고개를 돌려 원샷을 하니 스님께서 그러지 않아도 된다고 하신다. 창피하다.

스님 잔이 비어 한 잔 따라 드리려고 하니 각자 마시면 된다고 하신다. 부끄럽다.

차담을 마치고 잠자리에 누워 스님 말씀을 되새겨보는데 출가는 만50세까지만 가능하다는 것만 기억이 난다.

이른 아침 공양을 마치자마자 절을 나와 걷기 시작했다. 목적지는 없다. 바다가 보고 싶어 왕포 마을 쪽으로 걸어갔다.

아무도 없는 외진 길에 나는 지금 혼자다.

이정표 없는 갈래 길을 헤매고 있다.

목적지를 찾을 수가 없다.

길을 알려줄 사람은 언제쯤 나타날까?

숲길을 빠져나오자 넓은 서해 바다가 보인다. 긴 방조제 너머가 왕포 마을이다.

방조제 위 뚝방 길에 오르니 생소한 풍경이 펼쳐진다. 긴 방조제를 가운데 두고 왼쪽에는 망망대해, 오른쪽에는 넓은 들판이 펼쳐져 있다. 그림책의 두 페이지 같은 풍경을 한참을 바라보고 서 있다. 여기가 내가 서 있는 곳이다. 망망대해와 들판의 경계선, 이상과 현실의 경계선, 희망과 절망의 경계선 그리고 삶과 죽음의 경계선.

긴 방조제를 건너갔다 오기를 몇 번이나 반복하고 나서야 그곳을 떠날 수 있었다.

점심 공양을 거르니 배가 고프다. 밥을 사 먹으려면 읍내로 나가야 한다. 읍내까지는 걸어서 한 시간쯤. 허기가 지고 다리가 아프니 괴로움을 잊는다.

5월 초인데 벌써 햇볕이 뜨겁다. 국도를 따라 걷다 보니 작열하는 태양 아래 황량한 소금밭이 펼쳐진다. 쌩쌩 달리는 차를 피해 바둑판처럼 이어진 염전 둑길로 내려간다. 차라리 염전 노예가 되고 싶다는 생각이 들지만, 곧 사랑하는 가족이 떠오른다.

저녁 공양을 하려면 이제 돌아가야 한다. 공양 때문이 아니어도 딱히 갈 곳이 없다. 끝없이 걷고 싶었지만 예정된 끝을 향해 걸었을 뿐이다. 이른 시간 공양을 마치면 또 길고 괴로운 밤을 혼자 견뎌야 한다.

부대 복귀하는 이등병처럼 맥없이 걸어 절에 돌아오니 멀리 경내 한구석에 화래원이라는 작은 상점이 있다. 차와 간단한 다과, 관광객을 위한 기념품을 파는 곳인 듯하다. 뭐가 있나 잠시 구경하러 가는데, 상점 창문에 눈이 번쩍 뜨이는 글씨가 보인다.

'보리수염주'

처음 보는 술이다. 보리수염으로도 술을 만드는구나. 고난의 행군 후에 목을 좀 축이고 싶은데 생각해보니 여기는 절 안이다. 절에서도 술을 파나 싶어 상점 앞으로 가 보니 대반전. 목마른 나에게 오아시스처럼 보이던 그것은 보리수염으로 만든 술이 아니라 보리수로 만든 염주였다.

'세상 만물은 내 마음의 거울이구나.'

마음이 괴로우니 드넓은 바다도 푸르른 들판도 두렵고 황량한 곳일 뿐.

출가를 하나 속세에 있으나 세상 만물은 그대로, 변해야 할 것은 내 마음이었다.

'그래, 깨달음을 얻었으니 오늘은 한잔해야겠다.'

우울증 증세가 심해져 금주를 하던 중이었다.

저녁 공양을 마치고 마을 입구 슈퍼로 가니 냉장고 안에 1,700밀리리터 커다란 막걸리 한 통이 눈에 들어온다. 줄포 생막걸리 2천 원. 안주는 저녁 공양 때 챙겨둔 김부각이면 충분하다. 사천왕의 무서운 눈을 피해 막걸리를 숨겨 들어와 조용한 방 안에 가부좌를 틀고 앉는다. 잔이 없어 병나발로 한 모금 들이키니 기억이 되살아난다.

'그래, 이 맛이었지.'

맛있게 술을 마셨던 게 언제였는지, 즐겁게 웃어본 게 언제였는지 기억이 나지 않는다. 예전의 내 모습으로 돌아가고 싶다. 제발.

그날 밤, 풀벌레 소리에 막걸리 한 통을 비우고는 오랜만에 편히 잠들 수 있었다.

시간은 흘러 잔인했던 전염병은 풍토병이 되었고, 나는 상실을 인정하고 받아들인 중년이 되었다. 가랑비에 흠뻑 젖었던 옷은 어느새 따스한 햇볕에 뽀송뽀송하게 말라 있다.

나의 때늦은 성장통은 그렇게 지나갔다.

약사의 처방전

증상: 내게는 내일이 없다고 느껴질 때.

처방: 부안 석포리 뚝방길 걷기(전북 부안군 청자로 736 부근), 내소사 앞 전나무길 산책하기(전북 부안군 석포리 산82-1), 내소사 경내 천 년 된 할머니 당산나무 품에 안겨보기, 바지락전에 줄포 생막걸리 한 잔.

※ 줄포 생막걸리 _ 도수 6%, 가격 750㎖ 1,200원, 1,700㎖ 2천 원, 제조사 내변산 동진주조. 화학약품처럼 생긴 라벨 디자인에 위압감을 느끼지만 자연발효 탄산의 청량감과 쌀의 은은한 단맛이 느껴지는 전형적인 시골 막걸리다. 커다란 용량에 가격도 저렴해 더 푸근하게 느껴진다. 2014 대한민국 우리술 품평회 생막걸리 부문 최우수상.

※ 내소사 _ 백제 무왕(633년)에 창건된 천년고찰. 절 입구의 일주문부터 천왕문까지 600m 가량 아름다운 전나무 숲길이 이어지고 경내에는 700년 된 할아버지 당산나무와 천년 된 할머니 당산나무가 있다. 템플스테이 기간 중 스님과 차담 신청을 할 수 있다. 사찰 뒤쪽으로는 서해안 풍경이 내려다보이는 내변산 등산 코스가 있다.

나의 애정하고 애증하는　　　　　━━━━━━━

　세계 증류주 판매량 순위의 압도적 1위는 우리나라의 희석식 소주다.

　알코올 도수를 16도까지 떨어뜨린 술을 증류주로 분류해야 하는지는 의문이지만, 23년째 부동의 1위를 지키고 있는 한국인의 소주 사랑은 세계적인 이슈가 될 만하다. 많은 외국인이 '한쿡, 소주 좋아요!'를 외칠 만큼 소주는 분명 대한민국을 대표하는 술이 되었지만, 그것이 전통 소주가 아닌 희석식 소주라는 점은 사뭇 안타까운 일이다.

　희석식 소주란 주정(카사바 등의 저렴한 외국산 뿌리식물을 발효, 증류해 만든 에탄올)에 물과 감미료를 첨가해 만든 술로 쌀을 발효 후 증류해 만드는 전통 소주와는 크게 다른 술이다. 일제강점기 가슴 아픈 역사와 함께 우리에게 전해져 이제는 전통 소주를 대신해 소주라고 불리며 우리 가장 가까운 곳에서 함께하고 있다.

그 출신과 성분이 심히 마음에 들지 않지만, 술과 함께한 소중한 추억 중 가장 많은 시간을 나는 이 애증의 술과 함께했다.

언제부터였을까? 내 인생의 첫 만취는 역시 희석식 소주와 함께였다.

중학교 3학년 초가을 무렵, 헤아려보니 올해는 어느덧 나의 첫 만취 30주년이 되는 해다.

내가 살던 곳은 당시에 고교 비평준화 지역으로 이른바 뺑뺑이라 불리는 고입 선발고사를 치러야 했다. 지역 고등학교의 서열이 정해져 있어 대입시험만큼이나 치열한 경쟁을 해야 했고, 그 결과 보통 수능 100일 전에 치르는 '백일주' 행사를 3년 먼저 경험하는 학생들이 생겼다. 불합리한 입시제도의 폐해였다.

오후 수업을 마친 나와 무리는 상기된 얼굴로 학교 앞 슈퍼에서 소주 몇 병과 새우깡 한 봉지를 사 들고 동네 천변의 뚝방길로 갔다. 당시에는 미성년자 주류 구매 제한 같은 제도가 전혀 없던 때라 부모님 심부름하듯 가볍게 술을 살 수 있었다.

그때의 소주는 25도. 빨간 두꺼비가 그려진 톱니 뚜껑을 따야 했는데 병따개가 없었다. 돌발 상황에 당황스러웠지만 곧 주위를 둘러보다 발견한 콘크리트 제방의 모서리에 뚜껑을 걸어 딸 수 있었다. 다들 보고 배운 게 많아 보였다.

잔은 당연히 없었다. 술병 주위에 모여 앉아 차례로 한 모금씩 하니 한 병이 금세 사라졌다. 입 안이 화하게 썼지만 새우깡을 한 줌 집어 먹고 또 한 모금을 마셨다. 쓴짠쓴짠.

그러기를 몇 번, 머리가 어질어질하고 땅이 흔들리기 시작했다. 몸 안에 들어간 술은 일정 시간이 지나 효과가 나타나는 걸 몰랐기에 이미 마신 술이 불러온 후폭풍이 당황스러웠다. 처음 느껴본 신체의 반응이 나쁘지는 않았다.

사 온 술을 모두 마셨는지는 기억나지 않는다.

비틀비틀 앞서 걸어가는 친구를 따라간 곳은 시내의

지하 노래방이었다. 어둡고 좁은 방 안에서 우리는 뒤늦게 올라온 술기운에 광란의 음주와 가무를 벌였다. 이리저리 뛰어다니며 춤추는 한 친구는 정말로 미친 것 같아 좀 무섭기도 했다.

한바탕 정신줄을 놓고 나서 바깥세상으로 나오니 머리가 좀 맑아진 듯했다.

우리가 몰려나온 노래방 앞에는 마침 고등학생 한 명이 지나가고 있었다. 어린 중학생들에게 고등학교 교복은 선망과 동시에 두려움의 표식이었는데, 미친 것 같던 그 친구는 정말 미쳤는지 고등학생에게 시비를 걸기 시작했다. 일촉즉발의 긴장이 몰려왔다. 모범생은 아닌 것으로 보이던 고등학생은 거친 말로 우리를 위협했지만 곧 친구의 광기와 우리의 쪽수에 밀려 자리를 피하며 사라졌다.

그러나 의기양양해진 우리 중 누구도 이제 곧 시작될 재앙을 예상하지 못했다.

개선장군처럼 시내 한복판을 걸어가던 중 거친 욕설이 들려 뒤를 돌아보니 아까 그 교복을 입은 고등학생 한

무리가 우리를 향해 오고 있었다. 아찔했다.

첫 타깃은 아까 시비가 붙었던 미친 녀석이었다. 무리의 장처럼 보이는 험상궂은 고교생이 녀석의 얼굴을 향해 강스파이크를 날리자 나머지 무리도 곧 우리에게 달려들기 시작했다. 죄 없는 우리는 멱살을 잡히고 발로 차이며 길바닥에 나뒹굴었다. 술은 그렇게 한순간에 깰 수도 있었다.

연신 "죄송합니다"를 외치며 속수무책으로 폭행을 당하는데 어디선가 굵은 성인의 목소리가 들려왔다.

"야, 이 새끼들아! 지금 뭐 하는 거야!"

고개를 들어보니 검은 정장을 입은, 더 무섭게 생긴 어른 둘이 고등학생들을 노려보고 있었다. 기세 좋던 고등학생들이 한순간에 얌전해졌다.

"빨리 집에 가. 이 새끼들아."

고등학생들은 순식간에 사라졌고, 우리는 두 구세주에게 90도로 인사한 뒤 허겁지겁 골목을 빠져나왔다. 곧 서로 어색한 작별 인사를 하며 헤어졌고, 미친 친구는 짝사랑하던 여학생에게 오늘은 꼭 키스를 할 거라고 하며 갔다. 미친 녀석.

지금도 생생히 기억하는 검은 정장의 두 구세주는 누구였을까? 다시 만날 수 있다면 그때 그 거리에서 소주 한 잔 꼭 대접하고 싶다.

첫 만취의 강렬한 신고식 덕분에 나는 일찌감치 술이 데려가는 그 신비로운 세계를 동경함과 동시에 무척이나 경계했고, 여전히 유효한 그 양가감정의 정중앙에는 애증의 술 희석식 소주가 있다.

희석식 소주의 가장 큰 장점은 저렴한 가격이다. 세계적으로 봐도 소매가 천 원대에 이 정도 도수의 술은 찾아보기 힘들다. 덕분에 대한민국 국민은 언제 어디서나 부담 없이 취할 수 있다.

어느 음식과도 무난히 잘 어울리는 것도 큰 장점이다. 한식은 물론 중식, 일식, 양식 심지어 분식과 함께해도 전혀 무리가 없다. 길거리 포장마차의 김말이 튀김을 떡볶이 국물에 찍어 먹다 뭔가 아쉬워 소주 한 잔을 하면 금세 그 맛이 두 배가 된다. 저렴하고 효과 좋은 마법의 약이다.

하지만 이런 장점은 우리 술 문화에 독이 되기도 한다.

한국 사회의 폭음 문화는 희석식 소주에서 원인을 찾을 수 있다.

도수에 비해 저렴한 가격 탓에 만취할 때까지 마시는데 그리 큰 심리적 저항이 없다. 술값이 무서워 술을 그만 마시는 일이 없는 것이다. 그 결과 좋은 술을 음미하며 마시기보다 들이부어 취하는 게 목적인 폭음 문화가 만연했다.

어떻게 취하느냐도 중요한 문제인데, 보통 좋은 술을 마실수록 곱게 취한다. 값싼 재료와 각종 조미료로 만든 희석식 소주는 종종 사람을 개로 만들어 욕설, 시비, 폭행 같은 음주 사고를 불러일으키곤 한다. 이런 일이 술은 사회악이라는 인식을 만드는 것이다.

다양성의 저해라는 문제도 있다.

식당이나 주점에 가면 온통 희석식 소주다. 요즘에는 몇몇 상표가 더 보이는데, 같은 주정에 감미료를 어떻게 썼는지만 다를 뿐 다양한 선택권에는 전혀 도움을 주지 않는다.

객관적인 기준으로 희석식 소주는 좋은 품질의 술이 아니다. 하지만 세상에는 값비싼 술부터 저렴한 술까지 다양한 술이 존재하고 우리는 각자의 상황과 취향에 맞는 술을 마신다. 희석식 소주는 그중 한 부분을 차지하는 특색 있는 술일 뿐이다. 희석식 소주가 나쁜 게 아니고 희석식 소주만 선택할 수밖에 없는 이 상황이 나쁜 것이다.

문화의 발전은 다양성으로부터 시작된다. 이제는 아픈 역사와 자본주의 논리에서 벗어나 다양한 취향이 존중받을 수 있는 선진 술 문화가 필요하다.

아울러 우리의 오랜 전통이 담긴 우수한 술이 희석식 소주를 대신해 우리나라를 대표하기를 바란다.

나와 많은 추억을 만들었고 앞으로도 오랜 시간을 함께할 희석식 소주. 미움은 사라지고 사랑만 남기를.

약사의 처방전

증상: 사랑하고 미워하고 또 사랑하게 될 때.

처방: 마시고 후회하고 또 마시기.

※ 우리나라에는 지역별로 다양한 소주가 있는데, 공연차 지방에 가면 꼭 그 지역의 소주를 마신다. 전국의 모든 제조회사가 같은 곳에서 주정을 공급받기 때문에 첨가하는 감미료와 희석하는 물 이외에는 맛과 품질에 큰 차이가 없지만, 그냥 타지에 온 기분을 내려고 마신다. 자주 마시던 지역 소주 몇 가지를 소개한다.

(부산) C1소주, 대선 _ 민락회센터 7층에서 돌멍게 껍질에 C1 한 잔을 따라 마신다. 창밖에는 광안대교가 보인다. 복고풍 디자인의 대선이 나온 뒤로는 인기가 좀 시들해졌는데, 둘은 한 회사의 제품이다. '즐거워예'라는 소주도 기억이 나는데, 장례식장에서는 판매할 수 없어 라벨만 바꾼 '그리워예'라는 제품을 따로 출시하기도 했다.

(제주) 한라산 _ 양조장의 창업 연도인 1950년과 한라산의

높이 1,950미터가 같다. 제주의 상징 '한라산' 소주 외에도 '한라산 1950'이라는 프리미엄 증류주가 있다. 사전예약을 하면 한림에 있는 한라산 공장 투어를 할 수 있다. 한라산 소주 4종 샘플러 시음 6천 원.

(광주 전남) 잎새주 _ 광주 시민회관 앞 포장마차 거리에서 메추리구이에 잎새주 한잔. 포장마차 이름이 '마돈나'였던 것 같다. 술이 달콤하니 술술 넘어간다 했는데, 캐나다 메이플 시럽이 들어간다고 한다. 그날 기분이 좋았던 것으로.

(대전) 린 _ 노잼 도시 대전을 대표하는 소주. 재미있게 마신 기억도, 맛있게 먹은 기억도 없다. 대전에서는 뭘 해야 할까? 산소가 들어 있어 숙취가 없다는 'O2린'에서 현재는 '맑을린'으로 바뀌었다. 숙취는 큰 차이가 없는 듯하다.

(대구 경북) 참 _ 대구의 막창집에서 소주를 주문하면 으레 참소주를 가져다 줄 만큼 TK 지역에서 절대적인 우위를 가지고 있다. 지역 소주임에도 2004년 한예슬을 시작으로 이보영, 손담비, 박한별, 강소라를 비롯해 호화 전속모델 캐스

팅을 이어가고 있다. 경주법주와 함께 금복주의 양대 주력상품이다.

(울산 경남) 좋은데이 _ 경남 창원의 무학에서 생산하는 부울경을 대표하는 소주. 저도수 소주 출시의 선두주자다. 석류, 유자, 자몽 등의 과일 소주를 비롯해 민트쵸코, 스파클링 소주까지 다양한 제품을 출시한 바 있다. 소주 이름에서 바닷가 횟집 이모님의 정겨운 사투리가 떠오른다.

(속초) 동해소주 _ 국내산 쌀 증류 원액을 22% 함유한 증류식 소주다. 가격은 희석식 소주보다 조금 비싼 수준인데 맛은 매우 훌륭하다. 증류주의 불맛이 제법 느껴진다. 개인적으로는 이런 소주가 좀 많이 출시되었으면 하는 바람이 있는데, 지금은 단종된 '대장부'라는 소주가 있었다. 식당에서 일반 소주보다 천 원 비싼 가격이었지만 맛은 프리미엄 소주 못지않았다. 그 가격에 그런 퀄리티의 증류 소주를 생산할 수 있다는 게 놀라웠는데 찾는 사람이 없어 생산이 중단되었다고 한다. 2년 전, 작은 술집의 냉장고에 남아 있는 두 병을 발견해 꺼내 마신 것이 마지막이다. 안타까운 일이다.

"좋아하는 일 하면서 사니까 행복하니?"

영화 〈와이키키 브라더스〉의 대사이자 평소 내가 자주 듣는 질문이다. 지방 나이트클럽 연주자인 주인공 성우는 술잔을 마주한 친구의 그 물음에 끝내 답하지 못한다. 내가 그런 질문을 받는 장소도 대부분 술자리다.

뮤지션이란 직업이 궁금해 묻는 사람도 있고, 걱정스러운 눈빛으로 묻기도 한다. 간혹 비꼬듯 묻는 사람도 있다. 나는 망설임 없이 대답한다. '네'로 끝나는 단답형부터 속마음을 털어놓는 이야기까지, 묻는 사람에 따라 내 대답은 달라진다. 하지만 술자리에서 진지하고 긴 개인사는 금지다. 술맛이 떨어지기 때문이다. 나의 10가지 주(酒)계명 중 하나다.

이제 맑은 정신으로 그 질문에 긴 대답을 해보려 한다.

그저 좋아서, 그냥 열심히 음악을 하다가 내 음악의 최종 목표는 무엇일까 생각한 것은 서른 즈음인 듯하다. 훌륭한 음악가가 되어 멋진 음악을 하는 것이 내 이상이었다면, 부족한 실력과 경제적 상황은 현실이었다. 그래서 나는 이상향과 현실 사이의 내 위치를 플레이어, 뮤지션, 아티스트, 세 단계로 나누었다.

매슬로우의 인간 욕구 5단계 이론처럼 나는 이 개똥철학을 '예술인의 정체성 3단계 이론'이라 부른다. 단순화된 이 구분에는 경계의 모호함도 있고 여러 가지 변수도 있지만, 이 이론의 목표는 나의 현실 자각과 이상향을 향함이다.

1단계 플레이어는 숙련된 연주자다.

본인이 선택한 악기를 연마해 훌륭한 연주자가 되면 여러 곳에서 쓰임을 받는다. 예를 들어 유명 가수의 세션 연주자가 되거나 인기 가요의 반주를 녹음하면 큰 수입이 생긴다. 물론 이곳은 치열한 경쟁 사회다.

오디션을 통해 선발되는 각 지역의 클래식 및 국악 악단들부터 음악방송의 세션 연주 팀 그리고 호텔, 레스토랑, 7080을 비롯해 지금은 밴드가 거의 사라진 나이트클럽까지, 월급을 받으며 연주 생활을 할 수 있는 곳도 있다. 이것이 대략적인 음악 씬의 생태계다.

음악이 좋아 악기를 다루는 사람이라면 악기를 통해 본인의 내면을 표현하고 싶기 마련이고, 그것이 그 사람만의 개성 있는 연주가 되고 음악이 된다. 하지만 음악에 흥미를 잃었거나 애초에 없었던 사람 혹은 돈벌이만을 위해 연주 일을 찾는 사람은 직업적인 연주에 매몰되어 자신의 음악이 없는 플레이어의 단계에 머문다. 이것은 연주자뿐 아니라 가수나 작곡가 혹은 다른 장르의 예술인에게도 적용될 수 있다.

〈와이키키 브라더스〉 중 룸살롱의 기타 연주자가 된 성우는 아티스트를 꿈꾸던 학창시절을 추억하지만 플레이어에 머문 자신에게 회의를 느낀다.

2단계 뮤지션은 자신만의 예술세계를 간직하고 표현하는 사람들이다.

직업적인 연주로 바쁜 와중에도 꾸준히 본인의 작품을 발표하거나 큰 수입이 되지 않아도 본인만의 음악을 고집하는 사람들, 자신만의 연주를 위해 끊임없이 노력하며 발전하는 사람들 모두 뮤지션의 단계에 있다고 할 수 있다.

숭고한 예술을 목표로 꾸준히 정진한다면 다음 단계로 향할 수 있을 것이다.

3단계 아티스트는 그가 하는 모든 활동이 예술로 인정받는 경지이며, 그 안에서는 어떠한 상업적 요소나 판단도 없고 불필요하다. 내 모든 음악적 노력의 궁극적 목표인 이상향의 모습이다.

단순하지만 이 분류를 통해 현재 내가 처한 상황과 내가 하고 있는 일의 의미를 자각할 수 있었다.

아티스트를 꿈꾸며 걸어온 음악 인생 동안 언제나 뮤지션의 정체성은 잃지 않으려 노력했다. 내 음악으로 많은 사랑을 받았던 때도 있었지만, 생활의 무게로 플레이어가 되어가는 내 모습을 자책한 때도 있었다. 악기를 팔고 음악 생활을 그만두려 했을 때를 견디고 보니 그저 악기라도 연주하며 살 수 있는 플레이어의 삶에 만족하며 감사하기도 했다.

오랜 노력이 결실을 맺어 승승장구하기도 했지만 내가 어쩔 도리가 없는 사회적 시련이 오기도 했다. 도무지 발전이 없는 정체의 시간을 보내다가도 어느 순간 무대 위에서 조금은 나아진 내 모습을 발견하곤 한다. 예술인의 삶은 그런 것이다. 나의 꿈은 여전히 아티스트일 뿐이다.

이것이 그 질문에 대한 나의 긴 대답이다. 그리고 나는 영원히 아티스트를 꿈꿀 것이다. 그것이 나의 소박한 행복이다.

PS

〈와이키키 브라더스〉.

우연히도 나는 이 영화를 10여 년의 주기로 세 번을 보게 되었는데, 그때마다 내가 느낀 감정은 세월 속에 변한 내 모습만큼이나 크게 달랐다.

영화를 처음 본 것은 20대 초반 군악대 복무 시절이었다. 제대 후 뛰어들 음악 전선에 대비해 칼을 갈고 있던 내게 영화 속의 슬픈 풍경은 음악에 대한 모독과 뮤지션 비하일 뿐이었다. 이후 나는 임순례 감독의 안티가 되었고, 이 영화는 나에게서 잊혀져 갔다.

서른 즈음, 치열한 음악씬에서 고군분투하고 있을 무렵 우연히 켠 TV에서 이 영화가 방영되고 있었다. 쓸쓸한 화면이 낯익었던 이 영화에 나는 시간가는 줄 모르고 빠져들었다. 영화 속의 상황은 현실이었고, 주인공 성우에게서는 내 모습이 보였다.

그날 밤, 나는 마음이 아파 성우처럼 소주를 마셨고 술에 취해 성우처럼 벌거벗고 기타를 맸다. 성우를 위로하며, 나를 위로하며. (극중 룸싸롱에 취직한 성우는 술에 취한 손님의 요구로 벌거벗은 채 기타를 친다.)

40대가 되어 나는 실용음악과 강의를 위해 이 영화를 다시 찾아보게 되었다. 처음 영화를 보았을 때의 당혹감과 분노, 다시 보았을 때의 쓸쓸함은 없었다. '그땐 그랬지' 하고 담담히 웃으며 영화를 보았고, 엔딩 크레디트가 올라갈 때는 누군가 "성우야 태호야, 그동안 고생 많았어"라고 말해주는 듯했다.

이렇게 내 인생의 변곡점에는 우연히 이 영화가 있었다. 또다시 〈와이키키 브라더스〉를 보게 될 때가 있을까? 그때 나는 어떤 인생을 살고 있을지, 영화를 본 내 느낌은 어떨지 궁금하다.

약사의 처방전

증상: 내 인생이 행복하지 않다고 느껴질 때.

처방: 혼자 소주 한 병과 함께 영화 〈와이키키 브라더스〉를 본다. 영화가 끝날 무렵 취기가 오르면 술병을 마저 비우고 슬픈 주인공 성우처럼 옷을 모두 벗고 기타를 친다. 기타가 없으면 춤을 춰도 좋다. 노래를 불러도 좋다. 그러고는 침대에 쓰러져 내게 "그동안 고생 많았어"라고 말하며 잠든다.

※ 와이키키 브라더스 _ 감독: 임순례, 개봉: 2001년, 상영 시간: 109분, 출연: 황정민 · 유승범 · 박해일 · 오광록. "일출은 멀게만 느껴지는 새벽 2시, 고된 야근을 끝내고 빈속에 쏟아 붓는 깡소주 같은 영화."(영화평론가 이동진)

※ Europa _ 멕시코의 세계적인 기타리스트 카를로스 산타나의 일렉트릭 기타 연주곡으로, 영화의 첫 장면에서 와이키키밴드가 나이트클럽 무대에서 연주하는 곡이다. 오늘이 밴드의 마지막 무대라는 멘트와 함께 쓸쓸히 연주가 시작되면 카메라가 줌아웃 되며 무대 앞에서 '부루쓰' 를 추는 사람들의 모습이 보인다. 성우의 꿈은 'Europa' 처럼 화려했지만 현실은 '부루쓰' 처럼 쓸쓸하기만 하다.

 〈Europa〉 Santana

기억의 숲 어디쯤 ────────

2014년 4월 17일 이른 아침.

항상 유쾌하던 FM 라디오 아나운서의 목소리는 숙연했다. 슬픔을 억누른 습기 찬 목소리 뒤로 엘가의 〈Nimrod〉가 차분히 흘러나온다. 믿을 수 없었던, 아니 믿고 싶지 않았던 어제의 소식이 현실임을 깨달은 아침이었다. '전원 구조'는 터무니없는 오보였고, 그저 기적이 일어나기만을 바랄 뿐이었다.

그날 저녁에는 경리단길의 작은 비스트로에서 공연이 예정되어 있었다.

모두가 깊은 슬픔에 빠져 있는 지금, 공연이 예정대로 진행되는 것인지, 공연을 해도 되는지, 나는 과연 연주할 수 있을지 혼란스러웠다.

늦은 오후에 도착한 가게에는 사장님이 영업 준비를 하고 있었다. 예약은 만석이었다.

"저희 오늘 공연해도 될까요?"

잠시 말이 없던 사장님이 정중히 대답한다.

"오신 분들 모두가 위로받을 수 있는 시간이 되었으면 좋겠습니다."

그래. 내 마음이 힘들어도 누군가에게 위로가 되어주는 것이 뮤지션의 숙명이다.

공연 시간, 긴 원목 테이블 하나가 놓여 있는 작은 공간은 관객들로 가득 찼고, 나는 무거운 마음으로 악기를 들고 자리에 앉았다. 밝은 곡은 도저히 연주할 수 없을 것 같아 미리 정했던 공연 프로그램을 모두 차분한 곡들로 변경했다.

미셸 르그랑의 〈I will wait for you〉를 첫 곡으로 어려운 공연을 시작했다. 차분한 리듬 위로 애잔한 멜로디가 흐르자 관객들은 말없이 음악에 집중했고 우리도 담담히 연주를 이어갔다.

'I will wait for you'

얼마나 애타게 기다리고 있을까? 지옥 같은 일 분 일 초를 누가 대신해줄 수 있을까? 예전에는 느끼지 못했던 멜로디 한 음 한 음이 비수처럼 가슴에 꽂힌다.

주제부 연주가 끝날 무렵, 아린 가슴팍에서 뜨거운 것이 올라와 목덜미를 지나 코끝으로 밀려온다. 곧 눈시울이 붉어진다. 무대 앞 관객과는 1미터도 떨어져 있지 않아 당황스러웠다.

'왜 이러지? 이런 적이 없었는데……. 이러면 공연을 할 수가 없는데……. 참아야 해, 참아보자.'

붉어진 눈가에 고이던 눈물이 장력을 견디지 못하고 스르르 두 뺨 위로 흘러내린다. 눈앞이 흐릿하지만 누가 볼까 고개를 푹 숙이고 연주를 이어갔다. 연주를 멈출 수가 없어 눈물을 닦을 수도 없다. 무너져버린 눈꺼풀 너머로 하염없이 눈물이 쏟아진다.

속수무책으로 첫 곡을 마치고 나서 어렵게 마이크를 들었다.

"죄송합니다. 저희가 잠시 쉬었다가 다시 연주하겠습

니다."

가게 밖으로 나와 나는 오열했다. 관객들과 사장님 그리고 멤버들에게 너무 미안한 공연 사고를 냈지만 눈물이 멈추지 않았다. 멤버들은 말없이 어깨를 토닥여주었고, 사장님은 멀리서 조용히 기다려주셨다.

한참을 울고 나서야 진정하고 다시 무대에 앉았다. 관객들의 양해와 공감 속에서 무사히 공연을 마칠 수 있었고, 사장님은 다른 말 없이 그저 "소주 한잔하러 가시죠"라고 하셨다.

왜 그랬을까? 가족도 지인도 아닌 내가 왜 그리 서럽게 울었을까? 내 가슴 속 아득히 깊은 곳에 무엇이 있었는지 지금도 알 수가 없지만, 2014년 4월 17일은 나에게 그런 날이었다.

2년이 지난 봄, 성수동의 한 재즈 클럽으로 낯익은 신사분이 찾아오셨다. 트리플래닛이라는 사회적기업의 대표님이었다.

"우리 회사가 오드리헵번재단과 함께 진도에 '세월호

기억의 숲'을 조성하고 있습니다. 다음 달에 열리는 완공 기념식에서 라벤타나 밴드의 연주를 부탁드릴 수 있을까요?"

세월이 흘러 무뎌진 감정이었지만 예상하지 못한 제안에 가슴이 뭉클했다.

"제안해주셔서 감사드립니다. 의미 있는 공연 준비해보겠습니다."

그렇게 나와 멤버들은 2년 전 찾아가지 못했던 그곳으로 떠났다.

승합차를 타고 팀원들과 함께 떠난 길은 머나먼 땅끝마을 해남에서도 진도대교를 건너 40여 분을 더 달려야 하는 긴 여정이었다.

섬마을 시골길에는 그날처럼 벚꽃이 흐드러지게 피어있다. 오디오에서는 김정미의 〈봄〉이 흘러나온다. 몽환적인 목소리 너머로 처연히 흩날리는 꽃잎, 그리고 곧 다시 마주할 아픈 기억은 우리를 잠시 침묵하게 했다.

기억의 숲이 조성된 백동 무궁화동산은 양지바른 곳이

었다.

따스한 봄볕 아래 기념식이 시작되었고, 오드리 헵번의 손녀 엠마 헵번이 단상에 올라 추도사를 읽었다. 이역만리의 아픔을 함께해준 고마운 마음이었다.

곧 이어진 기념 연주의 첫 순서로 우리는 에디트 피아프의 〈Mon Dieu〉를 연주했다. 사랑했던 연인의 비극적인 죽음 뒤에 신에게 절규하는 가슴 아픈 곡이다.

신이시여 나의 신이시여

그를 나에게 남겨주세요 조금만 더

나의 사랑을

서로 사랑할 시간 이야기할 시간 추억을 만들 시간을

여섯 달 세 달 아니 두 달만

그를 내게 남겨주세요 단지

한 달만이라도

다음으로 재즈 보컬리스트 말로와 함께하는 무대가 이어졌고, 그녀의 추모 앨범 《겨울, 그리고 봄》 중 〈잊지말아요〉와 〈제 자리로〉라는 곡을 함께 연주했다.

햇살 가득 사월이 올 때까지 그대 울지 말아요
계절이 돌고 돌 듯 슬픔이 웃음으로 돌고 돌아
영원히 만날 거예요 우린 따뜻한 이별 안에서

기념식을 마치고 주최 측과 내빈 모두 무궁화동산 위의 '기억의 벽'으로 이동했다.

거대한 은색 조형물에 새겨져 있는 희생자들의 이름과 가족, 친구들의 메시지를 보니 또 가슴이 턱 하고 막혀 온다.

사회자가 단상에 올라 희생자의 이름을 부르고 짧은 사연들을 읽어준다. 약속한 듯 모두 '사랑해', '고마워', '미안해', '보고 싶어'라는 말로 끝나는 사연을 들으니 그날처럼 두 뺨 위로 눈물이 흐른다. 이제는 무뎌진 줄 알았는데.

햇살 가득한 언덕에는 가을이면 노랗게 물들 어린 은행나무 306그루가 심어 있었다.

헛헛한 마음에 팽목항을 들러 집으로 돌아가는 길, 승합차는 해남을 거쳐 목포 시내로 진입했다.

문득 배가 고파온다. 생각해보니 오는 길에 간단히 요기 한 뒤로 종일 아무것도 먹지 않았다. 슬픔 뒤에 온 허기가 영 어색하다. 다들 멀리까지 왔으니 이왕이면 맛있는 걸 좀 먹고 싶어 목포의 맛집들을 기억해본다. 눈가가 마르기도 전에 맛집을 찾는 내 모습이 멋쩍다.

불현듯 목포 민어 거리가 떠오른다. 내가 가장 좋아하는 생선 민어의 본고장을 그냥 지나가기에는 너무 아쉽지만 지역 특산물까지 찾는 내 모습이 부끄럽다.

더이상 스스로는 판단이 어려워 나와 입맛이 비슷한 매니저 형에게 조심스레 물었다.

"형. 다들 배고플 텐데, 요 앞에 민어 거리에서 밥 먹고 가면 어때요?"

한동안 말수가 없던 형이 냉정과 열정 사이 어딘가에 있는 듯한 목소리로 대답한다.

"어, 민어 좋지."

우리는 곧 민어 거리에 도착해 오래된 횟집으로 들어가 민어 정식을 주문했다. 민어회, 민어찜, 민어전에 민어탕까지 연이어 나오는 귀한 음식에 어색했던 허기는 어느새 부끄러운 포만감이 되어 있었다.

깊은 슬픔 뒤에 찾아온 허기 그리고 식욕.

쫄깃한 민어 부레에 잎새주 한 잔을 하며 사단(四端)과 칠정(七情)에 대해 생각해본다. 한낱 잡놈의 어쭙잖은 작태에 하늘나라의 이황과 기대승이 코웃음을 치겠지만, 그렇게 조금씩 '나'라는 인간을 알아간다.

악사의 처방전

증상: 사무치게 그리운 그 사람을 단 한 번만 다시 보고 싶을 때.

처방: 추천 음악을 들으며 잠든다. 오늘은 내 꿈속에 찾아오길 바라며.

※ Nimrod _ 영국의 작곡가 에드워드 엘가의 〈수수께끼 변주곡〉 중 제9변주곡. 런던의 로열 알버트 홀에서 열린 타이타닉호 침몰 추모 공연에서 엘가는 'Nimrod'를 선곡해서 자신의 지휘로 연주했다. 2014년 예술의전당에서 열린 교향악축제에서 수원시립교향악단의 김대진 지휘자는 청중에게 박수 없이 조용히 퇴장해주길 부탁했고, 공연은 침묵과 함께 마무리되었다.

〈Nimrod〉 수원시립교향악단(2014)

※ NOW _ 《NOW》는 1973년 발매한 신중현 사단의 디바 김정미의 다섯 번째 앨범으로 한국 사이키델릭의 최고 명반으로 꼽힌다. 한국에서는 구하기 힘들었던 이 음반을 2011년 미국의 음반사 라이온 프로덕션에서 재발매해 한국에 다시 유통되었다.

 〈봄〉 김정미

※ I will wait for you _ 프랑스의 영화음악 작곡가 미셸 르그랑의 곡으로 자크 드미 감독의 뮤지컬 영화 〈쉘부르의 우산〉의 동명 타이틀곡을 영어로 번안한 곡이다. 당신이 내 곁에 돌아올 때까지, 그것이 영원히 걸린다 해도 천 번의 여름동안 당신을 기다리겠다는 노랫말이다.

 〈I will wait for you〉 Connie Francis

※ Mon Dieu _ 20세기 프랑스 최고의 가수 에디트 피아프의 처절한 사랑이 담긴 곡이다. 그녀가 평생을 사랑했던 연인 마르셀 세르당은 멀리서 그녀를 만나러 오던 여정에 비행기 사고로 목숨을 잃는다. "나의 신이시여(Mon Dieu) 그를 내게 놔두세요. 조금만 더"라고 노래하는 그녀의 목소리가 애절하다. 평생 세르당을 그리워하던 그녀는 알코올중독과 모르핀중독으로 47세의 나이로 사망했다.

⟨Mon Dieu⟩ Edith Piaf

_____

※ 겨울, 그리고 봄 _ 상실에 대해 노래한 재즈 보컬리스트 말로의 6집 앨범. 세월호 희생자를 추모하는 2곡을 비롯해 모두 12곡의 창작곡이 담겨 있다. 2015년 EBS 스페이스 공감의 방송 리허설 중 ⟨잊지 말아요⟩를 부르며 흘린 말로의 뜨거운 눈물을 잊지 못한다.

⟨잊지 말아요⟩ 말로

_____

⟨제자리로⟩ 말로(Feat. 정태호)

_____

도라지 위스키는 곁에 없지만 ━━━━━

굿은비 내리는 날
그야말로 옛날식 다방에 앉아
도라지 위스키 한 잔에다
짙은 색소폰 소릴 들어보렴

국민가수 최백호의 〈낭만에 대하여〉에는 진한 페이소스가 있다.

고독한 중년 남성들의 발걸음을 포장마차로, 위스키 바로 혹은 한강 고수부지로 인도했던 이 곡은 현재까지도 대한민국 주류 판매량의 상당 부분에 기여하고 있다.

소주 한 잔에 촉촉이 젖어 이 노래를 흥얼거려본 사람은 한 번쯤 이런 궁금증을 가졌을 것이다.

'도라지 위스키가 뭐지? 무슨 맛일까? 어디 가면 살

수 있지?'

나는 이 궁금증의 답을 노래의 주인공인 최백호 선생
님께 직접 들을 수 있었다.

선생님과의 인연은 2012년으로 거슬러 올라간다.

선생님은 당시 젊은 재즈 뮤지션들과 함께 《다시 길 위
에서》라는 새로운 앨범을 준비 중이셨고, 나는 앨범 중
두 곡의 편곡과 연주를 맡아 작업에 참여했다. 앨범이
나온 뒤에는 새 음반의 발매 공연을 함께했고, 그 후로
도 나의 밴드 '라벤타나'와 선생님과의 콜라보 공연으
로 종종 뵈었다.

그러던 중 2018년, 선생님은 전국 투어를 위해 새 밴
드를 구성하셨고, 나는 밴드의 아코디언 연주자로 선생
님과의 인연을 이어갔다.

젊은 피로 새롭게 구성된 (나를 제외하고) 최백호 밴드
는 서울을 비롯한 전국 방방곡곡에서 매년 연간 20여 회
의 콘서트를 하고 있는데, 선생님은 우리를 '낭만유랑악
단'이라고 부르신다.

멀리 지방 공연이 있는 날이면 선생님과 낭만유랑악단 단원들은 이른 아침 약속 장소에 집결해 단체 버스에 몸을 싣는다. 버스가 출발하면 야행성 단원들은 이내 눈을 붙이고, 나는 곧 다가올 점심시간을 대비한다.

낭만유랑악단에서 나는 공연의 성패가 달린 중요한 임무를 맡고 있는데, 아코디언 연주보다 더 중요한 그것은 바로 선생님과 밴드의 식사 메뉴를 결정하는 일이다. 상당한 미식가이신 선생님은 선호하는 음식과 드시지 않는 음식이 자주 바뀌어 메뉴 선정에 신중을 기해야 한다. 도착지까지의 동선과 시간도 고려해야 하니 난이도는 두 배가 된다.

충남 홍성으로 공연을 가는 길, 점심은 서해안고속도로 송악IC 부근의 게국지 식당으로 정했다. 믿을 수 있는 곳이지만, 선생님 입맛에 맞을지는 알 수가 없어 초조하다.

잘 익은 김치와 커다란 꽃게가 보글보글 끓어 뚜껑을 여는 순간 나의 긴장감은 최고조에 달한다. 오늘도 성공일까?

"아, 맛있네요. 국물이 너무 좋아요."

그제서야 나도 마음을 놓고 수저를 든다. 오늘도 성공이다.

외줄타기만큼이나 스릴 넘치는 낭만유랑악단의 식사를 나는 아직 무패 행진으로 이어가고 있다. 아마도 선생님의 너그러운 마음 때문일 것이다.

공연장에 도착하면 단원들은 악기를 풀고 사운드 체크를 시작한다. 세팅이 끝나면 선생님께서 무대로 오시고 곧 리허설이 시작된다.

선생님은 음식만큼이나 소리에 예민하시다. 이번에는 음향감독이 긴장할 차례다. 선생님의 디테일한 요청에 종종 음향팀이 애를 먹곤 하지만, 긴 노력 끝에 좋은 소리가 만들어지면 이후의 음악 리허설은 일사천리로 진행된다. 밴드에 대한 두터운 믿음 때문일까? 선생님은 두 시간여의 프로그램 중 네다섯 곡만 불러보시고는 리허설을 마치신다.

"자, 다음 뭐 해볼까요? 이제 됐나요? 그럼 밥 먹으러 갑시다."

그럼 다시 내가 긴장할 시간이다.

공연장 주변이 죄다 유흥가라 마땅한 곳이 없어 보이지만, 침착하게 선생님과의 최근 식사를 분석해 후보지를 추린다.

'그래. 프랜차이즈 식당이 난무하는 곳에서 맛집을 찾는 것보다는 선생님이 안 드셔보셨을 메뉴를 고르는 게 좋겠다.'

나의 최종 선택은 숯불닭구이집. 프랜차이즈 식당이지만 흔한 음식은 아니다. 나는 망설임 없이 앞장선다.

식당에 도착해보니 젊은 취향의 자극적인 인테리어를 보고 마음이 불안해진다.

"아 여긴 젊은 친구들이 많이 오는 곳인가 보네요."

선생님도 미심쩍은 듯한 표정을 지으신다. 오늘은 틀렸나.

소금 닭구이와 닭목살간장구이를 주문하고는 미리 나온 반찬을 한 점 먹어본다.

"반찬이 괜찮네요."

연신 여러 반찬을 드시는 선생님 모습에 마음이 좀 놓인다.

빨간 숯불 위에 닭고기가 구워지고 드디어 선생님이 한 점 집어 드신다.

"아, 닭구이는 처음 먹어보는데, 정말 맛있네요."

'하아' 하고 안도의 한숨이 나온다. 오늘은 선택이 좀 어려웠다. 밴드 멤버들도 맛있게 먹는 걸 보니 먹지 않아도 배가 부르다.

선생님과의 식사 시간에는 선생님의 소싯적 야사를 듣는 즐거움이 있다. 어릴 적 사시던 부산 이야기, 말술을 드시며 동네를 주름잡던 청년 시절 이야기, 가수 데뷔 초창기의 방송국 이야기 등등 우리는 반짝이는 눈으로 선생님의 흥미로운 이야기에 귀를 기울이다가 예상하지 못한 결말에 박장대소를 하곤 한다.

그리고 나는 드디어 도라지 위스키의 비밀을 선생님께 직접 듣는 순간을 맞이했다.

"도라지 위스키라는 게 옛날에 있었어요. 국산 위스키인데, 아주 조잡한 국산 위스키였어요. 위스키라고도 할 수 없는 그냥 위스키 향만 나는 술이었어요."

도라지 위스키는 1950년대 일본 도리스(Torys) 위스키의 상표를 도용해 주정과 색소, 향료를 혼합해서 만든 모조 위스키였다. 위스키 원액을 사용하지 않으니 위스키라고 부를 수 없는 술이다. 당시 인기가 있던 도리스 위스키라는 이름을 그대로 사용해 문제가 생기자 도라지(Torage) 위스키로 이름을 바꿨다. 우리가 상상했던 산나물 도라지가 들어간 술이 아니었다.

"도라지 위스키를 다방에서 팔았어요. 옛날에 다방에선 술을 못 팔게 했으니까 위스키 잔 있잖아요. 조그마한 거. 거기에 홍차랑 섞어서 팔다가 단속이 좀 뜸해지면 홍차를 따로 놓고 위스키 티, '위티'라고 해서 팔았어요. 근데 그건 비쌌어요."

흥미진진한 이야기에 귀를 뗄 수가 없다.

"위티를 시키면 마담이 와요. 비싸니까. 잠자리 한복에다 버선 신고, 립스틱 짙게 바르고."

명곡의 가사는 다 생활에서 나온 것이었다.

"그렇게 와서 옆자리에 앉아요. 그럼 마담한테 위티를 한 잔 더 시켜줘야 해요. 그 비싼걸."

선생님의 야사를 듣다 보면 시간 가는 줄 모른다.

식사를 마치고 공연장으로 돌아오면 옷을 갈아입고 무대에 오를 준비를 한다.

공연은 나의 아코디언 솔로 연주로 시작된다. 고즈넉한 조명 아래에서 차분히 연주를 마치면 관객들의 환호속에 선생님이 입장하신다.

"눈을 감고 걸어도 눈을 뜨고 걸어도~"

〈보고 싶은 얼굴〉의 먹먹한 첫 소절에 이제는 볼 수 없는, 보고 싶은 그 얼굴이 떠오른다. 불쑥 찾아온 이 그리움은 공연의 마지막 곡이 끝날 때까지 내 곁을 떠나지 않는다.

공연 곡 중에는 〈낭만에 대하여〉 외에도 술과 관련된 에피소드가 있는 곡들이 있다. 선생님의 풋풋했던 청춘을 노래한 두 곡, 〈영일만 친구〉와 〈입영전야〉다. 이것도 선생님께 들은 야사다.

오래전 포항공대에서 포항 쌀로 프리미엄 막걸리를 만들어 '영일만 친구'라는 이름을 붙였는데, 선생님께서 상표권 허락을 해주셨다고 한다. 그런데 그 후로 막걸리 한 병도 보내주지 않아 아직까지 맛을 보지 못하셨다고 한다.

최근에는 평소 알고 지내던 수제 맥주 회사 대표에게 '입영전야'라는 맥주를 만들어보라고 아이디어를 주셨단다. 입대를 앞둔 젊은이들이 〈입영전야〉를 부르며 사 먹게 될 거라고 했는데 아직 연락이 없다고 하신다.

선생님은 종종 이렇게 엉뚱하시다.

혹자는 선생님의 곡들이 다 올드한 취향이 아니냐고 하는데, 그건 모르는 소리다. 선생님은 2012년부터 꾸준히 젊은 뮤지션들과 작업하시며 새로운 곡들을 발표하고 있는데, 그중에는 MZ세대들의 큰 사랑을 받는 〈부산에 가면〉, 〈바다 끝〉과 같은 곡들이 있다.

선생님의 고향이 부산이라 그런지 우리는 해운대, 금정, 영도, 시민회관을 비롯해 부산의 곳곳에서 초청 공연을 했다.

선생님이 태어나신 곳, 영도에서 공연을 마친 날 나와 몇몇 단원은 영도다리 아래 포장마차에서 소주 한잔을 했다. 그날은 〈부산에 가면〉의 가사처럼 고운 머릿결을 흩날리던 오랜 친구가 나를 반겨주었다. 참 많이도 변했

구나.

영도다리 너머 산만디의 불빛이 아련하다.

다음 날 아침 푸르른 태종대 하늘에는 구름 한 점 없었다. 망망대해 저 멀리 수평선을 바라보는데, 지나가던 아저씨 한 분이 말을 거신다.

"쩌기 멀리 보이는 게 뭔지 알아예?"

드넓은 바다와 하늘 사이에는 눈부신 쪽빛 이외엔 아무것도 없었다.

"자세히 보이소. 저 끝에 있는 게 대마도라예. 맑은 날에만 보이는기라요."

한참을 바라보니 수평선 위로 희미하게 섬 하나가 보인다.

아, 부산의 바다 끝에는 대마도가 있었구나. 선생님은 알고 계실까?

공연이 막바지에 이르면 선생님은 내가 가장 좋아하는 곡 〈내 마음 갈 곳을 잃어〉를 불러주신다. 이 곡에는 아코디언이 들어가지 않아 나는 자리에 앉아 조용히 선생님의 노래를 듣는다.

　가을엔 떠나지 말아요
　낙엽 지면 설움이 더해요
　차라리 하얀 겨울에 떠나요

　유난히 단풍이 짙었던 그해 가을에는 참 많이 울었다.
겨울이 올 때까지만이라도 곁에 있게 해달라 기도했다.
아직 하지 못한 말이 너무 많았기 때문에. 이젠 대답을
들을 수가 없기에.
　가을에는 선생님의 노래가 더 슬프다.

　마지막 곡 〈낭만에 대하여〉를 앞두고 선생님이 멘트를
하신다.
　"이 곡은 제가 지금까지 노래할 수 있게 해준 고마운
곡입니다."
　그러고는 우리도 몰랐던 〈낭만에 대하여〉의 탄생 비화
를 이야기해주신다.
　"85년이에요. 인기도 떨어지고 일도 없어서 집에서 기

타나 치고 있는데, 저기 부엌에서 제 아내가 설거지를
하고 있는 거예요. '아 고생 좀 하는구나' 생각하는데
문득 첫사랑 그 애는 지금 어디서 설거지를 하고 있을
까. 이런 생각이 들어서 가사를 썼어요. '첫사랑 그 소녀
는 어디에서 나처럼 늙어갈까.' 그렇게 만든 곡이 히트
해 지금까지 노래를 하고 있습니다."

관객들의 큰 박수와 함께 선생님과 낭만유랑악단은 마
지막 곡을 연주한다.

공연이 끝나도 멈추지 않는 박수에 선생님은 퇴장을
생략하고 바로 앙코르곡을 부르신다.

윤시내의 〈열애〉. 많은 가수가 이 곡을 불렀지만, 낭만
유랑악단의 편곡과 선생님의 노래는 가슴 속 꺼져가는
불꽃을 다시 타오르게 하듯 열정적이다. 선생님의 혼신
을 다한 열창과 휘몰아치는 연주로 곡이 절정을 향해 가
면 연주를 하면서도 절로 감탄사가 나온다. 크……. 소
주 한 잔이 간절해지는 곡이다.

두 시간의 공연 동안 모든 걸 불태운 우리는 다시 돌
아가는 버스에 올라탄다. 마지막 곡의 여운이 채 가시지

않은 지금 우리에게는 술 한 잔이 필요하다.

버스가 출발하면 내가 앉은 뒷좌석에서는 곧 '낭만포차'가 열린다. 여기까지가 오늘 나의 임무다. 안주는 미리 주문해놓은 향어회, 나의 악기 케이스는 테이블이 된다. 종이컵 두 개를 겹쳐 소주를 한 잔씩 따르고 잔을 들어 건배한다.

"자, 수고 많으셨습니다."

아슬아슬 흔들리는 버스에서 먹는 향어회 한 점이 기막히다.

후배 단원들에게 살갑게 다가가지 못하는 내게는 함께 잔을 맞대며 시답잖은 이야기라도 할 수 있는 이 시간이 참 소중하다.

계획한 듯 회와 소주가 바닥날 때쯤이면 버스는 중간 휴게소에 도착한다. 일사불란한 정리로 낭만포차가 사라지면 우리는 그제야 하루의 긴장을 풀고 잠시 눈을 붙인다.

한참을 달린 버스는 집결지에 도착하고, 우리는 서로 작별 인사를 한다.

"선생님 수고 많으셨습니다. 모두 조심히들 가세요."

낭만유랑악단의 행복했던 하루는 이렇게 마무리된다.

세상의 많은 것이 사라져가고 우리는 많은 것을 잃어
간다. 도라지 위스키는 사라지고 없지만, 우리의 낭만은
사라지지 않는다. 정제된 우리의 추억을 가슴 깊은 곳에
고이 숙성시킨다. 세월이 흘러 짙은 향의 위스키가 되길
바라며, 낭만유랑악단은 우리 가슴 속에 고이 담을 도라
지 위스키를 찾아 떠난다.

악사의 처방전

증상: 낙엽 지는 계절, 가슴에 구멍 하나 뚫린 듯 공허함이 밀려올 때.

처방: 포켓 위스키 하나 챙겨 최백호 콘서트에 오세요.

※ 내 마음 갈 곳을 잃어 _ 약관의 나이에 어머님을 여의고
쓴 노랫말이 애절한 곡이다. "내게 가장 소중한 노래는 〈내
마음 갈 곳을 잃어〉라는 데뷔곡이다. 어머님이 돌아가시고

절망적이었던 내게 희망의 길을 열어주었고 지금까지 올 수 있게 해준 노래다. 나의 히트곡은 〈낭만에 대하여〉이지만, 그 노래 역시 〈내 마음 갈 곳을 잃어〉가 있었기 때문에 가능했다."(최백호 산문집 《잃어버린 것에 대하여》 중에서)

〈내 마음 갈 곳을 잃어〉 최백호

※ 다시 길 위에서 _ 2012년 젊은 재즈 뮤지션들과 협업으로 이전의 음악과는 확연히 다른 파격적인 변신을 시도한 앨범. 말로, 전제덕, 박주원, 민경인 조윤성, 라벤타나 등 대한민국 재즈씬의 대표 주자들이 참여해 라틴, 집시, 탱고, 팝재즈 등의 다양한 음악을 들려준다. 아름다운 노랫말과 수준 높은 연주 그리고 고급스러운 편곡이 어우러져 대중가요의 품격을 한 단계 높였다는 평가를 받는 앨범이다.

〈길 위에서〉 최백호

대숲에 실어 보낼 이야기 ──────

대나무숲에 바람이 불면 파도 소리가 들린다.

허진호 감독의 영화 〈봄날은 간다〉에서 사운드 엔지니어 상우(유지태)와 라디오 PD 은수(이영애)는 한겨울 대나무숲의 바람 소리를 들으며 지그시 눈을 감는다. 그 싸늘하고도 포근한, 요란하고도 고즈넉한 소리를 직접 듣고 싶어 어느 추운 겨울에 영화 촬영지를 찾아간 적이 있다.

파도가 치는 삼척 해변에서 한참을 달려 도착한 곳은 작은 농가의 뒤편에 있는 아담한 대나무숲이었다. 아무도 없는 대나무숲 한가운데에서 겨울 바다의 파도 소리를 들으며 나도 잠시 눈을 감았다.

낙엽이 지고 앙상한 가지만 남은 한겨울에는 가끔 푸르른 대나무 숲의 바람 소리가 듣고 싶어진다.

2025년 새해를 맞아 나는 대나무의 고장 전남 담양으로 오게 되었다. 담양문화재단에서 기획한 아티스트 레지던시 프로그램에 선정되어 한 달간 지역사회와 교류하며 창작 활동을 지원받는다.

이른 아침 집에서 출발한 차는 정오를 지나 죽녹원의 울창한 대나무숲을 지난다. 다리를 건너 읍내로 들어온 지 얼마 지나지 않아 곧 머물 숙소 '추자혜'의 기와가 보인다. 마을 대감집의 대문처럼 생긴 입구를 지나 안으로 들어가니 넓은 마당에 한옥 두 채와 별채 하나가 있다. 할머니집이라고 불리는 별채가 내가 한 달 동안 묵을 숙소다. 나머지 한옥 두 채에는 아무도 없다. 대궐 같은 집에서 혼자 지내야 하니 왕이 된 것 같기도 하고 유배를 온 것 같기도 하다. 나는 곧 집을 나와 동네 탐방을 시작한다.

집 앞에는 '해동주조장'이라는 오래된 양조장이 있다. 1950년대부터 소주와 막걸리를 주조하며 번창했던 곳인데, 2010년 폐업 후 지금은 건물의 외관을 살려 '해동문화예술촌'이라는 이름으로 운영되고 있다. 2천여 평의 넓은 공간에는 주조장, 누룩 창고, 축사, 기술자 숙소 등으로 쓰이던 건물이 남아 있는데, 지금은 전시 공간과 세미나실 그리고 아트샵 및 북카페로 새 단장을 해 시민들에게 개방되고 있다. 양조장 곳곳에 전시된 국내외 작가들의 작품과 벽화가 버려졌던 건물에 새 생명을 불어넣는다.

양조장 옆에는 빨간 벽돌로 지은 예쁜 교회가 있는데, 몇 년 전 교회가 다른 곳으로 이전해 지금은 건물을 예술촌의 공연장으로 사용하고 있다. 계단을 올라 교회 안으로 들어가니 서까래가 있는 높은 천장이 고풍스럽다. 벽면에 늘어선 12개의 스테인드글라스 창문으로 오색 햇살이 비친다. 무대 위에는 한 달 동안 사용할 그랜드 피아노가 있다. 애정을 가득 담은 손길로 쓰다듬어주고는 조심스레 뚜껑을 열어 건반을 눌러 본다. 길이 잘 든 피아노는 청아한 소리로 나의 첫인사를 받아준다. 천장이 높아 울림이 좋다. 이런 곳에서는 '도'만 눌러도 멋진 음악이 된다. 한 달 후에 예정된 공연 날까지 나의 새 친구와 많이 친해져야겠다.

동네를 빠져나와 수백 년 고목이 늘어선 관방제림을 따라 걷다 보면 넓은 정원 안에 있는 커다란 창고 건물이 보인다. '담빛예술창고'. 양곡 창고로 쓰이던 낡은 건물을 리모델링해 전시관과 카페로 운영하고 있다. 전시관에서는 영국의 은둔 아티스트 뱅크시의 전시가 열리고 있다. 카페로 들어가니 안쪽 벽면에 대나무로 만든 거대한 파이프 오르간이 있다. 악사 인생 25년 만에 처음 보는 악기다. 주말에는 연주자가 와서 직접 연주를 해준다고 하는데, 금속 대신 대나무로 만든 파이프에서는 어떤 소리가 날지 아주 궁금하다.

관방제림 뚝방길의 끝자락에는 국숫집들이 늘어서 있다. 고물가 시대에 보기 드문 가격, 모든 가게가 멸치국수 한 그릇에 5천 원이다. 저렴한 가격이 매력적이지만 맛은 그냥 평범한 멸치국수다. 날이 좋으면 경치 좋은 야외에서 막걸리 한잔하며 후루룩 먹고 가겠지만 벌벌 떨며 살얼음 국수를 먹게 될 것 같아 패스한다.

담양 전입 신고식으로 읍내에서 한잔하고 돌아오니 캄캄한 밤 추자혜 창문의 불빛이 그윽하다. 뜨끈한 온돌방에 혼자 누워 이방인의 고독을 만끽한다. 조용하다. 풀벌레 소리도 새소리도, 시계 초침 소리도 없는 완벽한 적막이다. 적막 속의 고독은 상념을 불러온다.

1년 전, 문득 글을 쓰고 싶었다. 그래야 할 것 같았다. 그래야 다음 일을 할 수 있을 것 같았다. 막막했지만 용기를 내 시작했다. 미숙하고 어려웠지만 솔직해지고 싶었다. 그렇게 1년이 지났다. 가져보지 못한 귀한 시간이었다. 이제 나는 고요한 이곳에서 나의 서툴지만 소중한 이야기가 세상 밖으로 나오기를 기다린다. 대숲에 실어 보낼 나의 이야기들을.

약사의 처방전

증상: 가슴 깊이 묻어둔 이야기를 꺼내고 싶을 때.

처방: 담양 명가혜 앞 대나무숲 속에 속마음을 털어놓기.

※ 명가혜 _ 담양 삼다리 내다마을 대나무숲에 있는 한옥 찻

집 겸 펜션. 고즈넉한 공간에서 예인이신 주인 내외분과 다도 및 판소리 풍류를 체험할 수 있다. 순둥이 애완견 희망이가 대숲 산책길을 안내해 준다. (전남 담양군 내다길 83-1)

※ 대대포 생막걸리 _ 담양 하면 대나무 통에 담긴 대통주가 떠오르지만, 담양의 여러 술 중에 내가 가장 좋아하는 술은 대대포 막걸리다. 유기농 쌀과 토종 벌꿀을 발효해 깔끔한 목넘김 뒤로 은은한 단맛이 따라온다. 많이 마셔도 입 안에 남는 것이 없어 질리지 않는다. 안주는 죽순볶음을 추천한다. (제조: 죽향도가, 도수: 6%, 용량: 600㎖, 가격: 3,500원)

※ 봄날은 간다 OST _ 허진호 감독의 서정적인 연출을 극대화해 완성시킨 것은 조성우 음악감독의 아름다운 음악이다. 변하지 않으리라 믿었던 것들이 덧없이 변해가지만 음악은 여전히 기억 속에서 처연하게 빛난다.

 〈대숲에서〉 조성우

OUTRO

막잔을 내려놓으며

이것은 나의 사랑에 관한 이야기다. 순수했던 사랑, 조건 없는 사랑, 그리고 변하지 않을 사랑. 나는 그렇게 술을 사랑했다.

사랑을 모르던 시절, 사랑이 싹트던 시절, 사랑에 서투르던 시절, 그리고 사랑에 상처받던 시절. 함께했던 오랜 시간에 대한 나의 애틋한 회고이자 솔직한 고백이다.

세월은 흐르고 사랑은 더 깊어져 간다. 참 많이도 마셨다. 그리고 많이 행복했다. 하지만 사랑은 어려운 것. 사랑에는 언제나 적당한 거리가 필요하다.

이제 잠시 떨어진 곳에서 서로의 의미를 새겨볼 시간이다.

성숙하고 고결한 사랑을 위해. 영원을 위해.

벅찬 마음으로 다시 만날 내 사랑에게 잠시 이별을 고한다.

안녕, 내 사랑.

'사랑은 오래 참고 사랑은 온유하며 시기하지 아니하며 사랑은 자랑하지 아니하며 교만하지 아니하며' - 〈고린도전서〉 13장 4절

 〈사랑은 오래참고〉 대전예술의전당(2024)

"읽을수록 그를 보는 것처럼 배가 부르다"

그는 아코디언 연주도 탁월하지만, 음식에 일가견이 있다는 건 잘 알려지지 않았다. 그가 추천하는 식당은 한 번도 실망한 적이 없다. 책을 낸다기에 음식에 관한 글인가 했더니, 산문집이다. 내가 아는 그가 그렇듯 읽을수록 그를 보는 것처럼 배가 부르다.

_ 최백호(가수)

"음악과 술이 함께하는 색다른 산책"

그의 연주를 보고 듣다 보면 언제나 그의 음악에 자연스럽게 연상되는 '이야기'의 존재가 궁금했다. 그가 첫 출간하는 《악사의 처방전》에 담긴 처방들은 음악과 술이 함께 하는 가운데 악사로서 그가 살아온 이야기를 들을 수 있는 색다른 음악 산책이다.

_ 예지원(배우)

"그렇게 외롭고 뼈아프게"

그는 스모키한 피트 위스키, 특히 아일라 종의 아드벡을 혼자서 즐기며
그날의 연주 여행을 곱씹는다. 반성을 위해 필요한 것이 그에게는 술이
다. 위스키는 그렇게 외롭고 뼈아프게 자신의 목을 타고 배 속으로 흘러
간다.

_ 오동진(영화평론가)

작가 >> 정태호

대원외국어고등학교 독일어과를 졸업한 후 고려대학교 경영학과에 진학했으나 자본주의 수업에 적응하지 못하고 헤매다 2점 초반의 학점으로 겨우 졸업했다. 전공 관련 일은 해본 적이 없고 음악의 길로 주구장창 살아왔다. 20대 초반 록 드러머로 데뷔해 군악대 제대 후에는 재즈씬에 뛰어들었고, 탱고에 미쳐 독학으로 아코디언 연주자가 되었다. 작곡과 편곡 작업으로 여러 작품의 음악감독을 역임했고, 현재는 피아니스트로서 연주 활동도 하고 있다. 술에 대한 지독한 철학을 가지고 있어 술과 음악이 있으면 어디든 간다.